青少年校园精品读物
QINGSHAONIAN XIAOYUAN JINGPIN DUWU

U0733924

山村一夜

叶紫精品文集

叶　紫 著

SHANCUN YIYE
YEZI JINGPIN WENJI

时代　成都时代出版社
CHENGDU TIMES PRESS

图书在版编目(CIP)数据

山村一夜:叶紫精品文集 / 叶紫著. —成都:成
都时代出版社,2013.1(2018.8重印)
(青少年校园精品读物)
ISBN 978—7—5464—0801—9

Ⅰ.①山… Ⅱ.①叶… Ⅲ.①中篇小说—小说集—中
国—现代②短篇小说—小说集—中国—现代③散文集—中
国—现代 Ⅳ.①I216.2

中国版本图书馆 CIP 数据核字(2012)第 293798 号

山村一夜:叶紫精品文集
SHANCUN YIYE:YEZI JINGPIN WENJI
叶 紫 著

出 品 人 石碧川
责任编辑 陈余齐
责任校对 李 航
装帧设计 红十月工作室
责任印制 唐莹莹
出版发行 成都时代出版社
电 话 (028)86621237(编辑部)
        (028)86615250(发行部)
网 址 www.chengdusd.com
印 刷 北京一鑫印务有限责任公司
规 格 690mm×960mm 1/16
印 张 12
字 数 190 千
版 次 2013 年 1 月第 1 版
印 次 2018 年 8 月第 3 次印刷
书 号 ISBN 978—7—5464—0801—9
定 价 29.80 元

前言

QIANYAN

　　叶紫(1912～1939 年)中国小说家。原名余昭明,又名余鹤林、汤宠。湖南益阳人。他的父亲与姐姐都是共产党员。1926 年就读于武汉军事学校第三分校。四一·二政变后,父亲姐姐被害,只身逃离家乡。先后流落到南京、上海等地,做过苦工,拉过洋车,当过兵,讨过饭。后又任过小学教员和报馆编辑。

　　1932 年与陈企霞共同创办《无名文艺》,同年加入"左联",走上文学道路。1933 年参加中国共产党,并第一次以叶紫为笔名发表短篇小说《丰收》,引起文坛注目。随后又写了一些散文、小说。1935 年在鲁迅支持下,自费出版了短篇小说集《丰收》,收入《奴隶丛书》。同年患严重肺病。病中写作和出版了中篇小说《星》及短篇小说集《山村一夜》。抗日战争爆发后,因贫病交困离沪返湘。1939 年不幸英年早逝。

　　叶紫的散文可分狭义的与广义的两种,狭义的为伤痛事、抒情、写景这一类,如《还乡杂记》、《行军散记》、《岳阳楼》等。叶紫曾于 1936 年将十五篇散文编成散文集《古渡头》,交新钟书局作为"新钟创作丛书"之一出版,未成。同年,叶紫又将这十五篇散文连同《我怎样与文学发生关系》编成《叶紫散文集》,交商务印书馆出版,但因抗战爆发而未能印出。广义的则指叶紫所写的序跋、评论、回忆、纪念、悼亡、编辑说明、书信、日记之类。

　　叶紫散文展现的又一幅生活图景是天灾人祸摧残下的洞庭湖滨农村。从其创作亦可体察他的文艺见解也是富于革命性和战斗性的,而又有乡土化的艺术特色。

　　以农民运动及土地革命为背景反映农村阶级斗争尤其是洞庭湖畔农民的

1

生活和斗争,是叶紫小说创作的主题。叶紫根据自己独特的生活经验,真实地反映了 20 年代末极端尖锐的阶级冲突和人民的苦难生活,较深刻地揭露了统治阶级的凶残和腐朽本质,揭示了农民斗争的必然性及其发展的总趋势,歌颂了中国共产党领导的农民斗争。

目录
CONTENTS

乡导

一

忍住痛，刘嫲妈拼性命地想从这破庙宇里爬出来，牙门咬得绷绷紧。腿上的鲜血直流，整块整块地沾在裤子边上，像紫黑色的膏糊，将创口牢牢地吸住了。

她爬上了一步，疼痛得像有一支利箭射在她的心中。她的两只手心全撑在地上，将受伤的一只腿子高高抬起，一簸一颠的，匍匐着支持到了庙宇的门边，她再也忍痛不住了，就横身斜倒在那大门边的阶级上。

她的口里哼出着极微细极微细的声音。她用两只手心将胸前覆住；勉强睁开着昏花的眼睛，瞥瞥那深夜的天空。

星星，闪烁着，使她瞧不清楚；夜是深的，深的……

"大约还只是三更时候吧！"她这么想。

真像做梦一般啊！迎面吹来一阵寒风，使刘嫲妈打了一个冷噤。脑筋似乎清白了一点，腿子上的创伤，倒反更加疼痛起来。

"救苦救难的观世音娘娘哟！……"

她忽然叫了这么一句。本来，自从三个儿子被杀死以后，刘嫲妈就压根儿没有再相信过那个什么观世音娘娘。现在，她又莫名其妙地叫将起来了，像人们在危难中呼叫妈妈一样。她想：也许世界上除了菩萨娘娘之外。恐怕

1

再没有第二个人能够知道她的苦痛的心情呢。她又那么习惯地祈求起来：

"观世音菩萨娘娘哟！我敬奉你老人家四十多年了，这回总该给我保佑保佑些儿吧。我的儿子，我的性命呀！……我只要报了这血海样的冤仇！……菩萨！我，我……"

随即儿子们便一个一个地横躺在她的前面：

大的一个：七刀，脑袋儿不知道落到哪里去了。肚子上还被凿了一个大大的窟窿，肠子根根都拖在地上。小的呢？一个三刀；一个手脚四肢全被砍断了。满地都是赤红的鲜血。三支写着"斩决匪军侦探×××一名"的纸标，横浸在那深红深红的血泊里。

天哪！

刘嫂妈尽量地将牙门切了一切，痛碎得同破屑一样的那颗心肝，差不多要从她的口中跳出来了。她又拼命地从那阶级上爬将起来，坐着叹了一口深沉的恶气。她拿手背揉揉她的老眼，泪珠又重新地淌下两三行。

她再回头向黑暗的周围张望了一会。

"该不会不来了吧！"

突然地，她意识到她今晚上的事件上来了。她便忍痛地将儿子们一个一个地从脑际里抛开，用心地来考虑着目前的大事。她想：也许是要到天明时才能达到这儿呢，那班人是决不会不来的。昨夜弟兄们都对她说过，那班人的确已经到了土地祠了，至迟天明时一定要进攻到这里。因此，她才拒绝了弟兄们的好意，坚决地不和他们一同退走，虽然弟兄们都能侍奉她同自己的亲娘一般。她亲切地告诉着弟兄们，她可以独自一个人守在这儿，她自有对付那班东西的方法。她老了，她已经是五十多岁了的人呀，她还有什么好怕的呢？为着儿子，为着……怎样地干着她都是心甘意愿的。她早已经把一切的东西都置之度外了。她伤坏着自家的腿子，她忍住着痛，她就只怕那班人不肯再到这儿来。

是五更时候呢，刘嫂妈等着；天上的星星都沉了。

"该不会不来了吧？"

她重复地担着这么个心思。她就只怕那班人不肯再来了，致使她所计算着的，都将成为不可施行的泡幻，她的苦头那才是白吃了啊！她再次地将身躯躺将下来时，老远地已经有了一声：——

拍！

可是那声音非常微细，刘嫲妈好像还没有十分听得出来。随即又是：

拍！拍！拍！……

接连地响了两三声，她才有些听到了。

"来了吗？"

她尽量地想将两只耳朵张开。声音似乎更加地斑密：

拍！拍拍拍！噼噼噼噼！……

"真的来了啊！"

她意识着。她的心中突然地紧张起来了！有点儿慌乱，又有一点儿惊喜。

"好，好，好哇！……"

她在肚皮里叫着。身子微微地发颤了。颤，她可并不是害怕那班人来，莫名其妙的，她只觉得自家这颗老迈创碎的心中，还正藏着许多说不出的酸楚。

又极当心地听过去。枪声已是更加斑密而又清楚些了。大约是那班人知道这里的弟兄们都退了而故意示威的吧！连接着，手提机关枪和迫击炮都一齐加急起来。

刘嫲妈心中更加紧急了。眼泪杂在那炮火声中一行一行地流落，险些儿她就要放声大哭起来！她虽然不怕，她可总觉得自家这样遭遇得太离奇了，究竟不知道是前生做了些什么孽啊！五六十岁了的人呀，还能遭受得这般的灾难吗？儿子，自家……前生的罪孽啊！……

刘嫲妈不能不设法子抑止自家的酸痛。她的身躯要稍为颤动一下子，腿子就痛得发昏。枪声仍旧是那么斑密的，而且愈来愈近了。她鼓着勇气，只要想到自家被惨杀的那三个孩子，她便什么痛苦的事情都能忘记下来。

流弹从她的身边飞过去，她抱着伤痛的一个腿子滚到阶级的下面来了。

枪声突然地停了一停。天空中快要发光了。接着是：——

帝大丹！帝大丹！……

——杀！

一阵冲锋的喊杀声直向这儿扑来。刘嬷妈更加显得慌急。

喊声一近，四面山谷中的回声就像天崩地裂一样。她慌急呢，她只好牢牢地将自家的眼睛闭上。

飞过那最后的几下零乱的枪声，于是四面的人们都围近来了。刘嬷妈更加不敢睁开她的眼睛。她尽量地把心儿横了一横，半口气也不吐地将身子团团地缩成一块。

"你们来吧！反正我这条老命儿再也活不成了！"

二

临时的法庭虽不甚堂皇，杀气却仍然十足。八个佩着盒子炮的兵丁，分站在两边，当中摆着的是那一张地藏王菩萨座前的神案。三个团长，和那个亲自俘获嬷妈的连长，也都一齐被召集了拢来，准备做一次大规模的审讯。

旅长打从地藏王菩萨的后面钻出来了，两边一声："立正！"他又大步地踏到了神案面前，眯着眼睛向八个兵丁扫视了一下，仁丹胡子翘了两三翘，然后才在那中间的一条凳子上坐下了。

"稍息！"

三个团长坐在旅长的右边。书记官靠近旅长的左手。

"来！"旅长的胡子颤了一颤，"把那个老太婆带上堂来！"

"有！"

刘嬷妈便被三个恶狠狠的兵士拖上了公堂，她的脑筋已经昏昏沉沉了。她拼命地睁大着眼睛。她看：四面全是那一些吃人不吐骨子的魔王呀。上面笔直坐着的五个，都像张着血盆那样大的要吃人的口；两边站立的，活像是一群马面牛头。这，天哪！不都是在黄金洞时一回扫杀了三百多弟兄的吗？不都是杀害了自家儿子的仇人吗？是的，那班人都是他们一伙儿。他们这都是一些魔鬼，魔鬼啊！……刘嬷妈的眼睛里差不多要冒出血来了。她真想扑将上去，将他们一个一个都抓下来咬他们几口，将他们的心肝全挖出来给孩子们报仇。可是，现在呢？她不能，她不能呀！她只能眼巴巴地望着他们投着愤怒的火焰，而且，她还要……

刘嬷妈下死劲地将牙门咬着，怒火一团团地吞向自家的肚子里去燃烧。她流着眼泪，在严厉的审问之下，她终于忍心地将舌头扭转了过来。

"大老爷呀！我，我姓黄，我的娘家姓廖！……"

"你怎么到这儿来的呢？"

"那年，平江到了土匪，我们一家人弄得无处容身，全数都逃到湘阴城中去了。大约是上个月呢，不知是哪一位大老爷的大兵到了这儿，到处张贴着告示，说匪徒已经杀清了，要百姓通通回到平江来。我、我便带着三、三个孩子回来了，在这破庙里的旁边搭了一个小棚子过活。哪晓得，天哪！那位大老爷的大兵不知道为了什么事情，在几天后的一个黑夜里偷偷地退了，我们全没有知道，等到匪徒包围拢来了时才惊醒，大老爷呀！我们，我们，……呜！呜！……"

刘嬷妈放声大哭了。那样伤心啊！

"后来你们就都做了土匪吗？"

"呜！呜！……"

"你说呀！"

"可怜，可怜，大老爷呀！后来，后来，我的三个儿子，全，全给他们捉了去，杀，杀，杀！呜！……"

"杀了吗？"旅长连忙吃了一惊，"那么，你呢？"

"呜！呜！——……"

"你。你说，你说出来！"

旅长的仁丹胡子越翘越高了。

"我，我，老爷呀！我当时昏死了过去。后来，后来，我醒了，我和他们拼命呀！……我还有两个孙儿在湘阴，我当时没有甘心死。我要告诉我的孙儿，将来替他的老子报仇，报仇，报仇呀！……我便给他们关在这庙里补衣裳！呜！呜！——……"

"后来呢？"一个胖子团长问。

"后来，老爷呀！我含着眼泪儿替他们做了半个月，几回都没有法子逃出来。一直，一直到昨晚，他们的中间忽然慌乱起来了，像要逃走似的。我有些猜到了，我想趁这机会儿逃脱……不料，不料，老爷呀！他们好像都看出我来了似的，他们要我同他们一道退去，他们说我的衣裳补得还好。不由分说的，他们先用一把火将我的茅棚子烧光。他们要我和他们一同退到廖山嘴！……"

"廖山嘴！"旅长吃了一惊！他初次到这里，他还不知道哪儿是"廖山嘴"呢。

"你去了吗？"他又问。

"我，我不肯和他们一道去，老爷呀！他们便恶狠狠地打了我几个耳光，用枪杆子在我的腿子上猛击了一下。我完全昏倒下来了。等……等我醒来时，已经没有看见他们的踪影了，我的腿子上全是血迹！……后来……"

于是那个俘获刘嬢妈的连长，便也走上来了，他报告了他捕获刘嬢妈的时候的情形。同老太婆亲口说的一样，是躺在庙门外的那个石阶级下面。

旅长点了一点头，又回头对刘嬢妈说：

"黄妈妈，土匪们说的是要你同他们退到廖山嘴吗？"

"是的！……大老爷呀！但愿你老人家做做好事，将我送回，送回到湘阴去。我那儿还有两个孙子，我永生永世不忘你老人家的大恩大德！……你老人家禄位高升！……呜！呜！……"

砰砰！……她连忙趴在地上叩了两三个响头！

"好的。你这老太婆也太可怜了。老爷一定派人送你回到湘阴去。"旅长说着，抬头又吩咐了站班的一声，"去！将杨参谋请来，叫他把军用地图带来看看。"

"嗯！"

"大老爷呀！你老人家做做好事，送我回到湘阴去吧！……"

"唔！"

杨参谋捧着一卷地图走出来了。

"报告旅长，要查地图吗？"

"是的，请你来查一查廖山嘴在哪里？"

杨参谋将地图捧上了神案，四五个人分途查起来：

黄金洞，刘集镇，三槐硚，栗子岭……

"没有呀，旅长！这个地方。"杨参谋报告。

"没有，平江四乡都没有！"

三个团长都回复着。连旅长自己也没有查出来。

"那么，黄妈妈你知道廖山嘴吗？"

"一个小谷子，在东边，五十多里路……那里是我的娘家，大老爷呀！那里很久很久以前就没有人住了……"

四五个人又在东面查了十余遍，仍旧没有查着。

"你能够引导我们去吗？黄妈妈？"

"我，我，大老爷呀！……我，我，我不……"

"不要紧的。"旅长轻声地安慰着，"你只管带我们去吧！追着了土匪你也有功呀！而且，又替你的儿子报了仇，将来送你回湘阴时，还可以给你些养老费！……"

"我，我不能走，走呀！……大老爷，做做好事吧！……"

"我这里有轿子。黄妈妈，你不要怕，追着了就可以给你的儿子报仇。"

"我，我实在……"

"来！"旅长朝着下面的兵士，"将这黄妈妈扶下去，好好地看护她，给她吃一餐好的菜饭！……"

三

据侦探的报告，匪徒们确是从东方退去了。但不知道退去有多少距离了。旅长，团长，和旅司令部的参谋们，都郑重地商量了一阵，都以为是应该追击的。黄妈妈说的并不是假话，那样忠实的一个老年妇人，而且还被匪徒们击坏了腿子呢。

追，一定追！

下午，全旅人一共分为五队，以最锋利的手提机关枪连当作了尖兵。第一团分为第二第三两队作前卫。第二团为第四队。第三团及旅部特务营、炮兵营，为第五队。每队距离三里五里，或十余里，一步一步地向匪区逼近拢来。

刘嬷妈坐在一顶光身的轿子上。两个极其健壮的脚伕将她抬起来，带领着几个侦探尖兵，跑在最前面。她的心跳着，咚咚的，不知道是一股什么味儿。她可早已将性命置之度外了，她在虔诚祈求她这一次事件的成就。菩萨，神明……

她回头向后面望了一下：人们像一条长蛇似的，老远老远地跟着她。她告诉着轿夫们，顺着一条非常熟的小路儿前进。

野外没有半个人影儿了，连山禽走兽都逃避得无影无踪。树林中更加显得非常沉静。没有风，树叶连一动都不动，垂头丧气地悬在那里像揣疑着它们自家的命运一般。

当她——刘嬷妈——引导着尖兵们渡过了一个山谷子口的时候，她的心里总要不安定好几分钟。饱饱的，不是慌忙，也不是惊悸！不是欣喜，又不是悲哀！那么说不出来的一个怪味儿啊！眼泪会常常因此而更多地流着。一个一个的山口儿渡过了，刘嬷妈的心中，就慢慢着充实起来。

天色异常的阴暗。尖兵搜索前进到四十里以外的时候，看看地已经是接近黄昏了。四面全是山丘。一层一层地阻住了眼前的视线。看过去，好像是前面已经没路途了；等到你又转过了一个山谷口时，才可以发现到那边也还有一片空旷的田原，那边也还有山丘阻住！……

静静地前进着，离刘集镇只差两三个谷子口了。刘嬷妈的那颗悬挂在半天空中的心儿，也就慢慢地放将了下来。她想：

"这回总该不会再出岔子了吧！好容易地将他们引到了这里……"

于是，她自家一阵心酸，脑筋中便立刻浮上了孩子们的印象。

"孩子们呀！"她默祝着，"但愿你们的阴灵不散，帮助你们的弟兄们给你们复仇，复仇，我，我！……你们等着吧！我，妈妈也快要跟着你们来了啊！……"

眼泪一把一把地流下来。

"只差一个山岗就可以看见廖山嘴的村街了。"刘嬸妈连忙将眼泪拭了一拭，她告诉了尖兵。

"谷子那边就是廖山嘴吗？"

"是的！"

尖兵们分途爬到山尖上，用了望镜向四周张望了一回。突然地有一个尖兵叫将起来了："不错！那边有一线村街，一线村街，还有红的旗帜呢！"

"旗帜？"又一个赶将上来，"不错呀！一面，二面，三面……王得胜，你赶快下去报告连长！……"

于是，第一队首先停止下来，散开着。接着，第二队前卫也赶来散开了，用左右包围的形势，配备着向那个竖着红旗帜的目标冲来。

"黄妈妈，你去吧！这儿用不着你了，你赶快退到后方去吧！"

尖兵连长连忙将刘嬸妈挥退了。自家便带领着手提机关枪的兵士，准备从正面冲锋。

翻过着最后一条谷子口，前面的村街和旗帜都只剩了一些模糊的轮廓。三路手提机关枪和步马枪都怪叫起来：

拍！拍！拍！拍！……噼噼噼噼！……格格格格！……

冲过了半里多路，后面第三队的援军也差不多赶到了。可是，奇怪！那对面的村街里竟没有一点儿回声。

"出了岔子吗？"

连长立刻命令着手提机关枪停止射击。很清晰地，他辨得出来只有左右两翼的枪响。

"糟糕呀！许是中了敌人的诡计！"

他叫着。他想等后面指挥的命令来了之后再进攻。等着，左右两翼的枪声停止了。

四围没有了一些儿声息。

"怎么的？"

大家都吃了一惊！

"也许是他们都藏在那村街的后面吧？"有人这么说。

"我们再冲他一阵，只要前后左右不失联络，是不要紧的。反正已经冲到这谷子里来了。"

后面指挥的也是这么说。于是大队又静声地向前推进起来。天色已经黑得看不清人影子了。

刘集镇！

没有一个敌人。几支旗帜是插着虚张声势的，村街上连鬼都没有。从破碎的一些小店的招牌上，用手电筒照着还可以认得出来，清清楚楚的这儿是"刘集镇"。

"刘集镇？怎么？这儿不是叫廖山嘴吗？"

"鬼！"

大家都一齐轰动起来。第二队第三队都到齐了，足足有一团多人挤在这谷子里。其余的还离开有十来里路。

天色乌黑得同漆一样。

"糟糕！……"胖子团长的心里焦急着，"这回是上了敌人的当了。那个鬼老太婆一定没有个好来历。明明是刘集镇，她偏假意说成一个'廖山嘴'！……"

退呢？还是在这儿驻扎呢？突然地：——

拍！——

对面山上一声。胖子团长一吓：——"怎么？"

接着，四围都响将起来了：

拍！拍！拍！……

嚗！嚗！嚗！……哒吼！……

轰！轰！轰！……

"散开！……散开！……"官长们叫着。班长们传诵着。

每一个枪口上都有一团火花冒出来！流弹像彗星拖着尾巴。

四

旅长气得浑身发战。一直挨到第二天的下午，第一团陆续归队的还不到一连人，他的胡子差不多要翘上天空了。

他命人将刘嫂妈摔在他的面前。他举起皮鞭子来乱叫乱跳着。

他完全失掉他的人性了：

"呀呀！你说，你说！你这龟婆！你干吗哄骗咱们？你干吗将刘集镇说成一个廖山嘴？你说，你说……我操你妈妈！……"

拍拍！……

皮鞭子没头没脑地打在刘嫂妈的身上，刘嫂妈已经没有一点儿知觉了。

"你说不说？我操你妈妈！……"

拍！拍！……

"拿冷水来！我操你妈妈！……"

刘嫂妈的浑身一战，一股冷气直透到她的脑中，她突然地清醒了一点。她的眼前闪烁着无数条金蛇，她的耳朵边像雷鸣地震一样。

"你说不说？我操你妈妈！你干吗哄骗咱们？你干吗做匪徒们的奸细，你是不是和匪徒们联络一起的？……"

刘嫂妈将血红的眼睛张了一下，她不做声。她的知觉渐渐地恢复过来了。她想滚将上去，用她的最后的一口力量来咬他们几下。可是，她的身子疼痛得连半步都不能移开。她只能嘶声地大骂着：

"你要我告诉你们吗？你们这些吃人不吐骨子的强盗呀！我只恨这回没有全将你们一个个都弄杀！我，我恨不得咬下你们这些狗强盗的肉来！我的儿子不都是你们杀死的吗？黄金洞的弟兄们不都是你们杀死的吗？房子不都是你们烧掉的吗？你们来一次杀一次人，你们到一处放一处火！我恨不得活剥你们的肉，我情愿击断自家的腿子！我，我……"

她拼命地滚了一个翻身，想抱住一个人咬他几口！……

"呀！"旅长突然地怪叫着，"我操你的妈妈！我操你的妈妈！你原来是匪

11

军的侦探！……我操你的妈妈！……"他顺手擎着白郎林手枪对准刘嫂妈的胸前狠命地一下：——

拍！

刘嫂妈滚着，身子像凌了空，浑身的知觉在一刹那间全消灭了。

她微笑着。

老远地，一个传令兵拿着两张报告跑来：——

"报告旅长！第一团王团长昨晚的确已被匪军俘去！现在第二第三两团都支持不下了，请旅长赶快下退却命令！"

"退！"旅长的腿子像浸在水里，"我操她的妈妈！这一次，这一次……我操她的妈妈！……"

1933 年 9 月 29 日，深夜在上海。

（选自《丰收》，1947 年 6 月，东北书店）

夜哨线

一

队伍停驻在这接近敌人区的小市镇上，已经三天了，明天，听说又要开上前线去。

赵得胜的心里非常难过，满脸急得通红的。两只眼睛映着，嘴巴瘪得有点像刚刚出水的鲇鱼；涎沫均匀地从两边嘴巴上流下来，一线一线地掉落在地上。

他好容易找着了刘上士，央告着替他代写了一张请长假的纸条儿。准备再找班长，转递到值星官和连长那儿去。

大约是快要开差了的缘故呢，晚饭后班长和副班长都不知道跑到哪里去了，赵得胜急得在草地上乱窜乱呼。

"你找谁呀，小憨子？"

赵得胜回头一望，三班杨班长正跟着在他的后面装鬼脸儿。赵得胜很吃力地笑了一下：

"我，我寻不到我们的班长，他，他……"

"那边不是李海三同王大炮吗？你这蠢东西！"

杨班长用手朝西面的破墙边指了一指。赵得胜笑也来不及笑地朝那边飞跑了过去。

他瞧着，班长同副班长正在那墙角下说得蛮起劲的。

"什么事情呀，小憨子？"

王班长的声音老有那么大，像戏台上的花脸一样。

"我，我，我……"赵得胜的心里有点不好意思了。

"你又要请长假吗？"

"我，我，报告班长！……我……"

"你真是一个蠢东西呀！"

班长像欲发脾气般地站起来了，赵得胜连忙吓得退下几步。他有点怕班长，他知道，班长是一位有名的大炮啊。

"我，我的妈妈，说不定这两天又……"

"那有什么办法呢？那有什么办法呢？你！你！蠢东西！我昨天还对你说过那么多！……"

"我只要求你老人家给我递递这个条子！"

"猪！猪！猪！……"

班长一手夺过来那张纸条子，生气地像要跑过去打他几下！赵得胜吓得险些儿哭起来了。

副班长李海三连忙爬起来，他一把拖住着王大炮：

"你，老王！你的大炮又来了！"

王班长禁不住一笑，他回头来瞅住着李海三："你看，老李，这种东西能有什么用场，你还没有打下来他就差不多要哭了。"

"我，我原只要求班长给我转上这条子去！我，我的娘……"

"你还要说！你！你！"

"来，小赵！"李海三越了一步上去，他亲切地握住着赵得胜的手，"你不要怕他，他是大炮呀。你只说：你晓不晓得明天就要出发了？"

"报告副班长，我，我晓得！"

"那么谁还准你的长假呢？"

"我，我今天早上，还看见胡文彬走了……"

"胡文彬是连长的亲戚呀！"李海三赶忙回说了一句，接着，"告诉你，憨子！你请长假连长是不会准你的。你不是已经请过三四次了吗？这个时候，谁还能管你的妈死妈活呢？况且，明天就要开差啦。班长昨天不是还对你说过许多吗？你请准假回去了也不见得会有办法。还是等等吧！憨子，总会有你……"

"我，我不管那些。班长，我要回去。不准假，我，我得开小差！……"

"开小差？抓回来枪毙！"大炮班长又叫起来了。

"开小差也不容易呀！"李海三也接着说，"四周都有人，你能够跑得脱身吗？"

"我，我，我不管！……"

"为什么定要这样地笨拙呢？"

李海三又再三地劝慰了他一番。并且还转弯抹角地说了好一些不能够请准长假又不可以开小差的大道理给他听。赵得胜才眼泪婆娑地拿着纸条儿走开了。

王大炮坐了下来。他气得脸色通红的：

"这种人也要跑出来当兵，真正气死我啊！"

"气死你？不见得吧！"李海三笑了一笑，又说，"你以为这种人不应该出来当兵，为什么你自己就应该出来当兵呢？"

"我原是没有办法呀！要是当年农民协会不坍台的话，嘿！……"王大炮老忘不了他过去是乡农民协会的委员长，说时还把大拇指儿高高地翘起来。

"农民协会？好牛皮！你现在为什么不到农民协会去呢？……你没有办法，他就有办法？他就愿意出来当兵吗？"

李海三一句一句地逼上去，王大炮可逼得沉默了。他把他那两只庞大的眼珠子向四围打望了一回，然后又将那片快要沉没了下去的太阳光牢牢地盯住。

"真的呢！"他想，"赵得胜原来不曾想过要出来当兵的啦！……他虽然不曾干过农民协会，但据他自己说，他从前也还是一个规规矩矩的农民呢！……譬如说：像我自己这样的人吧！……"

他没有闲心再往下想了。他突然地把视线变了一回，昂着头，将牙门咬得绷紧，然后又用手很郑重地在李海三的肩上拍了一下：

"老李！你说的，如果上火线时，是不是一定会遇着那班人呢？"

"上火线？你老这样性急做什么啊！"

李海三又对他笑了一笑。他的脸儿窘得更红了。他想起他在特务连里当了四年老爷兵，从没有打过一次仗，不由得又朝李海三望了一下。虽然他的话儿是给李海三窘住了，但他总觉得他的心里，还有一件什么东西哽着，他须得吐出来，他须向李海三问个明白。李海三是当过十多年兵的老军户，而且还被那班人俘虏去过两回，见识比他自己高得多，所以李海三的一切都和他说得来。自从他由旅部特务连调到这三团一营三连来当班长以后，渐渐地，他俩都好像是走上了那么一条路道。他还常常扭住着李海三，问李海三，要李海三说给他一些动听的故事。特别是关于上火线的和被俘虏了过去的情况。

"你老这样性急做什么啊？"

每次，当王大炮追问得很厉害时，李海三总要拿这么一句话来反问他。因为李海三知道：他的过于性急的心情，不给稍微压制一下，难免要闹出意外的乱子的。

现在，他又被李海三这么一问，窘得脸儿通红。说不出一句话了。半晌，他才忸忸怩怩地申辩着：

"并不是我着急呢！你看，赵得胜那个小憨子那样可怜的，早些过去了多好啊！"

"急又有什么用处呢？"李海三从容地站了起来。停停，他又说，"我们回去吧！好好地再去劝劝他，免得他急出来意外的乱子，那才糟糕啊！"

"好的！……"

当他们回到了兵舍中去找寻赵得胜的时候，太阳差不多已经没入到地平线下了。

二

第二天，连长吩咐着弟兄们：都须各自准备得好好的，只等上面的命令一下来，马上就得出发上前线。

弟兄们都在兵舍中等待着。吃过了早饭，又吃过了午饭，出发的命令还没有看见传下来。王大炮他有些儿忍不住了：

"我操他的祖宗！难道不出发了吗？"

"是呀！这时候还没有命令下来。"又有一个附和着。

"急什么啊！"李海三接着，"不出发不好吗？操你们的哥哥，你们都那么欢喜当炮灰的！"

"不是那么说的啊！李副班长。"第六班的一个兵士说。"要是真不出发了那才好呢。这样要走不走的，多难熬啊！出又不许你出去，老要你守在这臭熏熏的兵舍里。"

"急又有什么办法呢，依你的？"

大家又都七七八八地争论了一番，出发不出发谁也没有方法能肯定。王大炮急得满兵舍乱跳起来。赵得胜他老是愁眉皱眼地不说一句话。

看看的，又是吃晚饭的时候了，弟兄们都白白地给关在兵舍里一个整日。

"我操他的八百代祖宗！硬将老子们坐禁闭！老子，老子，要依老子在特务连的脾气！……"

一直到临睡的时候，王大炮他还像有些不服气似的。

第三天……第四天……仍旧没有看见传下来出发的命令，天气已经渐渐地热得令人难熬了。兵舍里一股一股的臭气蒸发出来，弟兄们尽都感受着一阵阵恶心和头痛。汗也涔涔地流下来，衣服都像给浸湿在水里。

"我操他的八百代祖宗！我操他的八百代祖宗！我操他的八百代祖宗！老子……"

要不是李海三压制他一下，王大炮简直就想在这兵舍里造起反来。

其他的弟兄们也都是一样，面部都挂上了异常愤怒的表情。虽然连长和排长都来告诉过他们了："只等上面一有不必出发了的命令下来时，就可以放你们走出兵舍。"但他们都仍旧还是那么愤愤不平的。

赵得胜听见连长说或者还有可以不出发的希望，他的心中立刻就活动了许多，他又将那张请长假的纸条从干粮袋里拿出来了，他准备再求班长给他递上去。

"班，班长！假如真的不再出发的话，我，我要求你老人家……"

"你又来了！你又来了！你！——你！"

赵得胜一吓，又连忙战战兢兢地把那只拿纸条儿的手缩了回来。带着可怜的、惊惶失措的目光，朝右面的李海三望了一眼。

"不出发？小憨子！哪有那样好的事情啊！"李海三微笑地安慰了他一句。

忽然，在第五天的一个大清早，大约是旅司令部已经打听到敌人都去远了的缘故吧，传了一个立即出发的命令下来："着全旅动员，迅速地向敌方搜索进展！"

又大约是因为怕中敌人的"诱兵计"，所以将全旅人分作三路向敌方逼近包围。第一第二两团担任左右翼，一齐很急速地出动。第三团和旅部从中路缓缓地追上来，务使敌人无法用计，统统都落入到这包围里面，杀得他妈妈的一个也不留！

一切都配备好了，出发时，太阳也已经渐渐地出了山。

在队伍的行动中，赵得胜的心里，他比死了爹妈还要难过。乌七八糟的，他真想就在这队伍里嚎啕大哭起来。他不时眯着眼睛瞅瞅王班长，王班长简直像有上天堂般那样地快活，他的心里更加痛苦得说不出话来了。他明白。人家谁都没有他赵得胜的出身苦，人家谁都是快乐的。只有他，他的父亲，他的牛……他抛下了老娘和妻子，他跑出来当兵的唯一目的是要替父亲报仇雪恨，做个把大小的官儿回去吐气扬眉的。现在，不料弄了两三年了，他还是只能够当一个小兵。他的心里这才完全地明白了，当兵原并不是他的路儿啊！不但不能做官报仇，甚至于有时候会连自己的性命都保不住；他真是大悔不该出来当兵的！所以，他越看见人家快乐和不住地叫他做小憨子时，他的心中就越加感到痛苦。他原来并不是什么小憨子啦。

连长不准他的假，班长又叫他不要开小差，妈病着写信来叫他回去……他的一颗七上八下的心儿，越加弄得四分五裂了。

队伍前进一步，赵得胜的心儿就要疼痛一回；那许多弟兄们的脚步儿，都像是踏在他赵得胜一个人的心上。他差不多些儿要晕倒下来了。

王班长他们仍旧还是那么快活地和弟兄们谈谈笑笑。

天，没有一丝儿云。热度随着太阳升高了。灰尘一阵一阵地跟着弟兄们的脚步扬起来，黄雾般的，像翻腾着一条拉长的烟幕阵。

旷野里渐渐地荒凉起来了，老远老远地还看不到一个行人的踪迹。偶然有一两只丧家的猫犬，从稻田荒冢里钻了出来，随即便惊惶失措地向没有人踪的地方飞跑着。

越走越热，太阳一步一步地像火一样悬挂在天空，熊熊地燎烧着大地。汗从每一个弟兄们的头上流下来，流下来……豆大一颗的掉在地上。

地上也热热的发了烫，脚心踏在上面要不赶快地提起来，就有些刺辣辣的难熬。飞尘也越来越厚了，粘住着人们的有汗的脸膛，使你窒息得不得不张开口来舒气。

"我操他的八百代祖宗，热死人啊！"

背上背的简直是一盆火。无论是军毯、弹带、干粮袋、水壶……都像变做了一大堆烧红了的柴炭，而且越驮越重了。王大炮浑身是汗，像落汤鸡似的，他的口里不住地哇啦啦地乱叫着。他骂骂天，又骂骂地，青烟一阵一阵地从他的内心里熏出来，他恨不得把整个水壶都吞到他的肚里去。

"老王，你还急着要出发吗？开心呀！"李海三朝他笑着说。王大炮便一声不响地跑上去将李海三的水壶也抢着喝光了。

队伍又迅速地转过了好几个村庄。路上，荒凉得差不多同原始时代一样。没有人，没有任何生物。老百姓的屋子里全空的，有好一些已经完全倒塌下来了；要不然就只有一团乌黑的痕迹。这，大约是老百姓们在临行的时候下着很大的决心的表示呢。没有了丝毫的东西悬挂在他们的心坎里，走起路来是多么的畅快啊！

"你看！他们宁肯这样下决心地扫数跟着别人一同走，倒不愿留在这儿长住着。这就完全是为了那么些个原因啊！"李海三时常很郑重地，偷偷地指着沿路所见到的各种情形，一样一样地告诉给王大炮听。

到正午，太阳简直烧得弟兄们无法可施了，有好些都晕倒下来。口中吐出许多雪样的唾沫，一直到面颜灰白，完全停歇了他们的呼吸为止。

"天哪!"

好容易才有命令下来:教停住在一个比较阴凉的小山底下吃午饭。

三

下午,天上毕竟浮起了几片白云,旷野不时还有些微微的南风吹动,天气好像是比较阴凉得多了。

弟兄们都透回了几口闷气,重新地放开着大步,奔逐着这无止境的征程。

旷野里简直越走越荒凉得不成世界啊!渐渐地,连一座不大十分完整的芦苇屋子都看不到了。只有路畔的树桠上,还可以见到许多用白灰写上的惊心动魄的字句。

"操他的爹爹,说得那样有劲啊!"

弟兄们又都自由地谈笑着,有些看到那些白灰字句儿,像不相信似的骂。

"也说不定呢。"又有带着怀疑的口吻的人。

王大炮同李海三都沉默着,好像是在冥想那字句中的味儿似的。赵得胜老是哭丧脸地不说一句话。

队伍又迅速地前进了十来个村湾。

远远地有一座小山耸立!

在前面,尖兵连的速度忽然加快起来. 像是发现了目标似的。于是,后面的队伍也跟着急速了。

传令兵往往来来地奔驰着,喘息不停的。光景是遇着了敌人吧。弟兄们的心头都紧了一下!

王大炮兴高采烈地朝李海三问:

"老李!是不是遇着了敌人啦?"

老李没有答他。

走,快,突然地,在离那小山不到一千米达距离的时候:

砰!

尖兵连中响了一枪。弟兄们的心中,立时感受着一层巨大的压迫。特别是赵得胜，这一下枪声几乎把他的灵魂都骇到半天云中去了，他勉强地镇静着，定神地朝前面望了一眼。

砰！砰砰！哒吼！……

尖兵连和第一连已经向左右配备着散开了。目标好像就是在前面那座小山上。但是，前面的枪声都是那样乱而迟缓的，并不像是遇见了敌人呀！目标，那座小山上也没有见有敌人的回击。

随即，营长又命令着第三连也跟着散开上来。

大家都怀着鬼胎呢，糊里糊涂的。散开后，却将枪膛牢牢地握住，有的预先就把保险机拨开了，静听官长们的命令下来。

"枪口朝天！"官长们像开玩笑似的叫着！

"怎么？……"弟兄们大半都坠入到雾里云中了，"这是一回什么事呀！我操他的妈妈！"

大家又都小心地注视着前面。轻轻地将枪膛擎起，各自照命令放射着凌乱的朝天枪。向那座小山像包围似的，频频地逼近去！

砰砰！哒吼！卜卜卜！……

渐渐离小山不到二百米远了，号兵竟又莫明其妙地吹起冲锋号来：

帝大丹，帝大丹！帝……

"杀！"

弟兄们莫名其妙地跟着喊："杀！"一股劲三四连人都到了小山的底下。

山上并没有一个敌人。

大家越弄越莫名其妙了。营长骑着一匹黑马从后面赶了上来。白郎林手枪擎得高高的，像督战的神气。

于是，弟兄们又都赶着冲到了小山的顶上。

"到底是一回什么事呀？妈的！"大家都定神地朝小山底下一望，那下面：——

天哪！那是一些什么东西呢？一片狂阔的海——人的海！都给挤在这山下的一条谷子口里。男的，女的，老的，小的，一大群，一大群！……有的还牵着牛，拉着羊，有的肩着破碎不堪的行囊、锅灶……哭娘呼爷地在乱窜乱跑，一面举着仓皇骇急的目光，不住地朝小山上面打望着。

"是老百姓吗？这样多呀！"大家都奇怪起来。

接着又是一个冲锋，三四连人都冲到了小山的下面。

老百姓们像翻腾着的大海中的波浪，不顾性命地向谷子的外面奔逃。孩子，妇人，老年的，大半都给倒翻在地下，哭声庞杂的，纷纷乱乱的，震惊了天地。

"围上去！围上去呀！统统给搜查一遍，这些人里面一定还匿藏着有'匪党'！"

营长的命令，由连长排长们复诵下来。弟兄们只得遵着将老百姓们团团围住了。

老百姓们越发像杀猪般地号叫着。

"这是一回什么事呀？我操他的八百代祖宗！……"王大炮的浑身像掉在冰窖里，他险些儿叫骂了出来。

"搜查！搜查！"

班长们都对弟兄们吩咐着。王大炮可痴住了。李海三朝着他做着许多手势儿他全没看见。

老百姓都一齐凄切地，哀告地哭嚷起来。

"这，这，老总爷！这里面没有什么东西呀！"

拍！——

"解开，我操你的妈妈！"不肯解开的脸上吃了一个巴掌。

"老总爷，这，这是我的性命呀！做，做好事！"

拍！——做好事的又是一个耳光。

"哎哟！我的大姐儿呀！"

"我的妈呀！"

营长的勤务兵，在人丛中拖着两个年轻的女人飞跑着。

"老总爷呀！牛，牛，你老人家有什么用处呢？修，修，修修好啊！……"

"放手！老猪！"

拍！砰！通！……

人家的哭声和哀告声，自己的巴掌声和枪托声，混乱地凑成了一曲凄凉悲痛的音乐。

王大炮的眼睛瞪得有牯牛那么大，他吩咐自己全班的弟兄们一动也不许动地站着。他的心火一阵阵蓬勃上来了，他可从来没有看见过这样的场面，他跳起三四尺高地朝官兵们大叫大骂着：

"抢！强盗，我操你们的八百代祖宗！"

李海三的心中一急：——"完了！这性急的草包！"他想用手来将王大炮的嘴巴扪住，可是被王大炮一跤摔倒了！他再翻身立起来时，王大炮已经单身举枪向连营长们扑了过去！

"你们这些强盗！我操你们的——"

噗通！砰！——

第三排的梁排长赶上来拦前一脚，将王大炮绊倒在地下，王大炮的一枪便打在泥土上。

"报告营长！"梁排长一脚踏着王大炮的背心，"他，他惑乱军心，反抗命令！"

"他叫什么名字？"营长发战地叫。

"三连一班班长王志斌！"

"绑起来！"

李海三已经急得没有主张了。他举起枪来大声呼叫着：

"弟兄们，老百姓们！我们都没有活命了！我们的班长已经被——"

砰！

李副班长的右手同枪身突然地向下面垂落着，连长的小曲尺①还在冒烟。

"绑起来！"

赵得胜和其他的弟兄们都亡魂失魄了，他们望望自己被绑着的两个班长，又望望满山满谷的老百姓，他们可不知道怎样着才是路儿。

———————————

① 曲尺：湖南话中对手枪的俗称。

随即，连排长们又举起枪来，复诵着营长的命令：

"将乱民们统统驱逐到谷子的外面去。谁敢反抗命令，惑乱军心：——格杀勿论！"

弟兄们都相对着瞪瞪眼，无可奈何地只得横下心来将老百姓们乱驱乱赶。

"我家大姐儿呀！"

"牛啦！我的命啦！"

"妈呀！……"

妇人，老头子和孩子们大半都不肯走动，哭闹喧天的，赖在地下打着磨旋儿。他们宁肯吃着老总爷的巴掌和枪托，宁肯永远倒在这谷子里不爬起来。他们死也不肯放弃他们的女儿、牲畜、妈妈……他们纠缠着老总们的腿子和牲畜的辔绳，拼死拼活地挣扎着……

"赵得胜！你跑去将那个老头子的牯牛夺下来呀！"排长看见赵得胜的面前还有一个牵牛的老头儿在跑。

赵得胜一吓，他慌慌忙忙地只好硬着心肠赶上去，将那个老头儿的牛辔绳夺下来。那个老头儿便噗通一声地朝他跪了下去：

"老总爷爷呀！这一条瘦牛，放，放了我吧！……"

"牵来呀！赵得胜！"

排长还在赵得胜的后面呼叫着，赵得胜没魂灵地轻轻地将那头牛辔绳一紧，那个老头儿的头就像捣蒜似的磕将下来。

"老总爷爷啊！修修好呀！"

赵得胜急得没有办法了，他将枪托举了起来，看定着那个老头儿，准备想对他猛击一下！——可是，忽然，他的眼睛一黑——两只手像触了电般地垂下来，枪险些儿掉在地下。

他的眼泪暴雨般地流落着，地上跪着的那个老头儿，连忙趁这机会牵着牛爬起来就跑。

砰！——

"什么事情，赵得胜？"

排长一面放着枪将那个牵牛的老头儿打倒了，一面跑上来追问赵得胜。

"报告排长，"赵德胜一急，"我，我的眼睛给中一抓沙！"

"没用的东西，滚！赶快将这头牛牵到道边大伙儿中问去！"

接着，四面又响了好几下枪声，不肯放手自己的女儿、牲畜的。统统给打翻在地下。其余的便像潮水似的向谷子外面飞跑着：

"妈呀！……天啦！……大姐儿呀！……"

赵得胜牵着牛儿一面走一面回头来望望那个躺在血泊中的老头子，他的心房像给乱刀砍了千百下。他再朝两边张望着：那逃难的老百姓……那被绑着的班长们……他的浑身就像炸了似的，灵魂儿给飞到海角天涯去了。

山谷中立时肃清得干干净净。百姓们的哭声也离得远了。营长才得意得像打了胜仗似的传下命令去：

"着第一连守住这山北的一条谷子口。二三连押解着俘虏们随营部退驻到山南去。"

四

左右翼不利的消息，很快地传进了弟兄们的耳鼓里。军心立刻便感惶惶的不安。

"什么事情呀？"

"大约是左右两方都打了败仗吧！"

"轻声些啊！王老五。刚才传令兵告诉我：第一团还全部给俘虏了去哩！"

"糟啦！"

在安营的时候，弟兄们都把消息儿轻声细语地到处传递。好些的心房，都给听得频频地跳动。

"也俘虏了些那边的人吗？"

"不多，听说只有二十几。另外还有十来个自己的逃兵。"

"这是怎么弄的啦！"

之后，便有第二团的一排人，押解着三四十个俘虏逃兵到这边儿来了，营长吩咐着都给关在那些牛羊叛兵一道。因为离旅团部都太远了，恐怕夜晚中途出乱子。

关牛羊和叛兵的是一座破旧的庙宇，离小山约莫有五六百米达。双方将逃兵俘虏都交接清楚之后，太阳还正在衔山。

夜，是乌黑无光的。星星都给掩饰在黑云里面……弟兄们发出了疲倦的鼾声。

这时，在离破庙前二百米达的步哨线上，赵得胜他正持着枪儿在那里垂头丧气地站立着。他的五脏中，像不知道有一件什么东西给人家咬去了一块，那样创痛的使他浑身都感到凄惶，战栗！……渐渐地，全部都失掉了主持！他把一切的事件，统统收集了到他自己的印象里面来，像翻腾着的车轮似的，不住地在他的脑际里旋转：

"三年来当兵的苦况，每次的作战、行军……豪直的王班长，亲昵的李海三、长假、老百姓、牵牛的老头儿、父亲、母亲、妻子、欺人仗势的民团！……"

什么事情都齐集着，都像有一道电流通过在他自己的上下全身，酸痛得木鸡似的，使他一动都不能动了。他再忍心地把白天的事件逐一地回想着，他的身心战动得快要晕倒了下来。

"那么些个老百姓啊！还有，七八个年轻的女子，班长，牵牛的老头儿，官长们的曲尺——砰！……"

天哪！赵得胜他怎么不心慌呢？尤其是那一个牵牛的老头儿。那一束花白胡子，那一阵捣蒜似的叩头的哀告！……他，他只要一回想到，他就得发疯啊！

"是的！是的！"他意识着，"我现在是做了强盗了啦！同，同民团，同自己的仇人……天啊！"

父亲临终时候的惨状，又突然地显现在他的前面了：

"伢子啊！你，你应当记着！爹，爹的命苦啦！你，你，你应当争，争些气！……"

民团的鞭挞，老板的恶声，父亲的捣蒜似的响头，牛的咆哮！……啊啊！

"我的爹呀！"

他突然地放声地大叫了一句，眼泪像串珠似的滚将下来，他懊丧得想将自己的身心完全毁灭掉。他已经压根儿明白过来了。三四年来，自家不但没有替父亲报过仇，而且还一天不如一天地走上了强盗的道路了，同民团，同老板们的凶恶长工们一样！……今天，山谷中的那一个老头子，那一条牛，砰！……天哪！

"怎么办呢？……我，我！……"

"妈病，妈写信来叫我回去。班长，班长不许我开小差！……"

他忽然地又想到了班长了：绑着，王志斌还是乱叫乱骂，李海三的右手血淋淋地穿了一个大窟窿，他的心中又是一阵惊悸！

"我真不能再在这儿久停了啊！明，明天，说不定我也得同他们一样。绑着，停停一定得押到后方去杀头啦！"

他瞧瞧两百米达外的那座古庙。

"怎么办呢？我，我还是开小差比较稳当些吧！……"

他像得到了很大决定似的。他望望四面全是黑漆般的没有一个人，他的胆像壮了许多了。他轻轻将枪身放下，又将子弹带儿解下来，干粮袋、水壶……紧紧地都放在一道。

"就是这样走吧！"

他轻身地举着步子准备向黑暗的世界里奔逃。刚刚还只走得三五步，猛的又有一件事情像炸药似的轰进了他的心房。他又连忙退回上来了。

"逃？也逃不得啦！四面全有兵营，这样长远的旷野里，一下不小心给提了回来，嘿！也，也得和第二团押回来的那些逃兵一样，明儿，也，也一定枪毙啦！……"

他一浑身冷汗！况且，他知道，纵逃了回去，也不见得会有办法的。他又将枪械背握起来，痴痴地站住了。他可老想不出来一条良好的路道。惊慌、惨痛、焦灼……各种感慨的因子，一齐都麇集在他的破碎的心中！……

他抬头望望天，天上的乌云重层地飞着，星星给掩藏得干干净净了。他望望四围，四围黑得那样怕人的，使他不敢多望。

"怎么办啦？"

他将眼睛牢牢地闭着，他想静心地能想出一个好的办法来。

旷野中像快要沉没了一样。

"我，呜，呜，呜！……大姐儿呀！……呜！……"

"呜呜！妈啦！……"

微风将一阵凄切的呜咽声送进到他的耳鼓中来，他的心中又惊疑了一下！

"怎么的?"

他再静着心儿听过去，那声音轻轻地、悲悲切切地随着微风儿吹过来，像柔丝似的将他的全身都缚住了。渐渐地，使他窒息得透不过来气。

他狠心地用手将两只耳朵覆住，准备不再往下听。可是，莫名其妙地，他的眼睛也忽然会作起怪来了。无论是张开或闭着，他总会看见他的面前躺卧着无数具浑身血迹的死尸：里面有他的父亲、老百姓、妇人、孩子、牵牛的老头儿、王李班长、俘虏、逃兵……他惊慌得手忙脚乱，他猛的一下跳了起来。

"这，这是什么世界呀!"

他叫着。他这才像完全真正地明白过来了，往日王李班长所对他说的那许多话儿句句都像是真的了，句句都像是确切的事实了。非那么着决没有办法啊！这世界全是吃人的！他这才完全真正地明白了。

他像获得宝贝似的，浑身都轻快。可是：

"怎么办呢?"

他紧紧地捏着手中的枪。他意识了他原只有一个人呀！怎么办呢？他再抬头望望那座古庙，他连自己都不觉得要笑了起来：

"难怪人家都叫我做小憨子啦！我为什么真有这样笨呢?"

他于是轻轻地向那座古庙儿跑了过来，他中途计划了一个对付那些卫兵们的办法。

"口令?"

"安!"

"你跑来做什么呀，赵得胜?"

"你们一共只有四个人吗？……赶快去，连长在我的步哨线上有要紧的话儿叫你们。"

"查哨？他为什么不到这儿来呢？"

"你们一去就明白的。这儿他叫你们暂交给我替你们代守一下！"

四个都半信半疑地跑了过去。赵得胜看见他们去远了，喜的连忙钻进古庙中来：

"王班长！"

"谁呀？"

"是我，赵得胜！"

"你来了吗？"

"是！不要做声呀！"

喳！

他一刀将王大炮绑手的绳儿割断了。接着又：喳！喳！……

李海三便轻轻地问了赵得胜一声：

"怎么的？外面的卫兵呢？"

"不要响！他们给我骗去了，马上就要来的。你们都必须轻声地跟在我的后面，准备着，只等他们一回来，你们就一齐扑上去！……"

"好的！"

大家都在黑暗中等待着。远远的有四个人跑来了。

"口令？"

"安！"那边跑近来接着说，"赵得胜，连长不见啦！"

"连长到这儿来了。"

四个人连忙跑拢了，不提防黑暗中的人猛扑了出来，将四个人的脖子都掐住了！

"愿死愿活？"

"王班长，我们都愿，愿……"四个缴了枪的人服从了。

"好！"李海三说，"大家都把枪拿好！小赵，还是你走头，分程去扑那两个枪前哨。"

"唔！……"

叛兵、俘虏，几十个人，都轻悄地蠕动着。像狗儿似的，伏在地下，慢慢地，随着动摇了的夜哨线向着那座大营的"枪前哨"扑来。

夜色，深沉的，严肃的，像静待着一个火山的爆裂！

1933 年除夕前五日，在上海。

（选自《丰收》，1947 年 6 月，东北书店）

电车上

　　我带着一种非常不高兴的、懊恼的情绪，踏上了 17 路无轨电车。这是因为我正和家里的人呕了一点闲气，而且必须在一个约定的时间以前，赶到遥远的地方去会一个病重的朋友。

　　三等车上的人，早已经挤得满满的了，拼命地挤进去，就有一股刺鼻的汗臭、人肉臭和下等的香水气味，使你窒息得透不过气来。我只能买了票靠在车门的铁栏杆旁边站着，太阳像一盆火似的，斜斜地透过车门来，烤到我的背心上。在我的右面，坐着一个中年的、胖大的、穿着香云纱裤的妇人。她的手里捻着一大串数珠，流着汗，皱着眉头，不住地朝窗外面狗一般地喘着气。我的前面是看不清的人壁，左边是一个落班的、高大的巡捕。这使我挤在中间大有进不得、退不得的感觉。而且车身摇动起来，就格外地震得我的身子像时钟的摆一般地，向这胖妇人和高大的巡捕的身上碰击着，而引出两种极难看的恶脸来！

　　车行到南京路的时候，总算是下去了好几个人，空出了两三个位置。这时我便用全身的力量冲去占了一个座位，而跟着我的后面，却又挤上来了两三个汗湿淋漓的汉子，牢牢地夹着我的双肩，并且给带来一阵新的肉和热汗的气息。

　　卖票的又从头等车中钻过来了，他首先向这两三个新到的客人装出了要卖票的手势。在左边的两个丁人和学生模样的人，都拿出铜元来买票了，而右边的一个，却仅仅口头叫了一句：

"派司①！"

因为这声音叫得特别高而且响亮的缘故，便引动很多人注意起来了。第一个对面的胖妇人，她用那煤炭一般黑的凸出的大眼睛，轻蔑地、傲慢地朝这边瞥了一下。接着，便是学生、巡捕和我。我也是因为这声音太怪异，而引动了一种好奇心的兴趣；我很想借一件什么物事，暂时将我那不耐烦的心情忘却。但当大家都在注意着这人的时候，他倒反而觉得自得起来了，并且立刻用了同样的注意的视线，环顾了大家。这是一个基督徒，因为我看见他的白拿破仑帽子上和胸前，各嵌着和挂着一个放光的十字架。看年纪还不过四十岁吧，样子倒像一个非常老实的人，但我却不知道他是电车上的传教者。

买票的人沙声地、吃力地高唱着每一个站头的名字。当车身倾斜地越过四川路桥时，那位基督徒几乎全身子靠到我的肩上了。且并突然用了一种沉重的、苍老的声音——那老得就像吃鸦片烟的人一样——开始了他的宣教的义务。

"人——是由上帝造的！所以人要相信上帝！……"

这是他的第一句。对面的胖妇人，不快意地朝他盯了一眼，并且急忙地将头转了过去。其余的搭客们便也像得了什么传染症似的，大半都跟着转向一边去了。有的还稍稍露出了一点不高兴的、厌恶的表情。在电车上，这差不多成了一种普遍的现象，尤其是在这大热的天气，搭客们大抵是不欢迎任何种叫卖和宣传的，好像是这些声音能阻碍车行的速度，而使车子里变得更加炽热起来的一般。但这位基督教徒先生却并不顾及这一切，他仍然继续他的演说道：

"……因为，中国人都勿相信上帝，只相信菩萨魔鬼，所以中国才弄得格样子糟的！……格都是上帝的惩罚……"他用手着力地向空中一劈，就像要将这些不信上帝的人，通统从他的手下劈开去似的，以致引起了对面胖妇人的第二次嫉妒的视线！"假如……尤其是……"他接着说，"我们要勿赶快相

---

① 派司：英语 pass 之译音。此处指电车月票。

信上帝，我们中国人是马上要变亡国奴的！……譬如东洋人打过来了，啥人抵挡呢？……要相信了上帝，我们就用勿着怕伊了，因为东洋人自家会吃败仗！——上帝自然会替我们去惩罚伊的！……"

他只略略地停了一下。他的眼睛望着空处，并没有注意到每一站上下的客人，是怎样在对他做着各种各色的难看的脸相，也没有注意对面的胖妇人和其他的搭客，是怎样在厌恶的反对起他来了。他却像早已经得到了很多人的拥护似的，依然，而且更加有劲地讲述着：

"菩萨，是什么东西呢？……照《圣经》上说——是迷信，是偶像，是魔鬼！是害人的东西！……伊害了我们中国几千年了！……"

对面的胖妇人突然站起来了！她气愤地将数珠套到颈上，瞪着煤炭一般的凸眼睛，恶毒地骂了一声——

"猪猡！"

她并不是急于要下车去，而用手吊着车顶上的藤圈子，装出了一个挑战的和准备相骂的姿势。

"……上帝情愿将伊的独生子送到世上来替人赎罪，所以人应该相信上帝。不应该相信菩萨、偶像和魔鬼！……"

"猪猡！菩萨关侬啥事体？……"那妇人再也忍不住地愤骂起来了，"阿弥陀佛！……菩萨是魔鬼，侬是啥么事呢？猪猡！……"

"我是基督徒，侬是啥么事？……我传我的教，关侬啥事体呀？……"男人抗议地回骂道。

"勿许侬骂菩萨！晓得吧？……猪猡！……"

"菩萨是魔鬼！哪能勿好骂呢？"

"嗳……勿好骂格！……"妇人更进一步地威胁着！

搭客们大都集中着视线，看起热闹来了。有的打趣着，有的冷笑着，有的起劲地哼着鼻子。卖票的人似乎也觉得很有趣，便装出非常滑稽的可笑的脸相，怪声怪气地接送着上下的客人。那一个学生模样的人，本来已经跳下车去了，但他却还站在马路的边沿，遥遥地抛过来一句：

"汉奸！"

这使车上的好一些人都感到一个新的惊异。但那也不过是"感到"一下子而已，因为谁也没有继续去理会他的。

"真是！……我又呒没依格啥么事，关依啥事体呢？"这基督徒仍然不屈服；他似乎也准备起身了，便遮羞似的这样叫道。

"勿许骂菩萨！……猪猡！……"那妇人毫不放过他。

"偏偏要骂，哪能……？"

"侬再骂，我要敲侬耳光！……"

"侬敲敲看？……烂污 X！魔鬼……"基督徒真正地火冒了。

"猪猡！依骂啥人？"

"骂侬！"他站起来迎了上去！

"畜生！依来呀！……娘格操 X！……老娘敲杀侬！……外国人把了依四只角子一天，侬连良心都卖脱哉！……猪猡！来呀！……"

那胖妇人正气势汹汹地准备将拳头击过去，可给那侧面的巡捕和卖票的拦住了。电车上便立刻给闹得混乱了起来。那巡捕用了捉强盗一般的方法，捉着基督徒的手臂，并且命令一般地叫道：

"好啦，老乡！侬勿要在电车上打架了！下去吧！等等上帝要惩罚侬的！"

"……"，"先生！侬看啥人有道理？……我又呒没骂过伊来！……"基督徒发急道。

"好啦，好啦！……侬格顶好道理，侬下去吧……"

车子已经停在新记浜路口上了。那胖妇人仍然一句比一句厉害地接骂着：

"……畜生！……猪猡！……杀头胚！……外国人格灰孙子！……亡国奴！……"

巡捕将基督徒强迫下车了。他只能在马路上起劲地回骂着，并且骂的也还是那两句话：

"烂污 X！魔鬼……"

胖妇人是显然地胜利了！当车上照旧地平静了时，她便利用这战胜的余威，承继了那基督徒的宣教的方法，而大大地颂赞起菩萨的灵验来。她演说得那样有声有色——简直比基督徒高明得多——那就像是每一个现世的菩萨，她都亲眼见过的一般。

可是，我不能够再听她的说教了。我的站头到了。我的心里只有一阵阵的麻木的感觉，对这件事似乎也再不觉得怎样有趣了。当我跳下车来，再回头望望那胖妇人的姿态的时候，车子已经开动了，已经望不清晰了。我只听到她那最后的和最有力量的一句：

"只有菩萨……才是真正能够救我们中国的！……"

我拼命地咬着牙门急急地转过了一个弯，前面便是我的病着的朋友的住处。

（选自《山村一夜》，1937 年 4 月，上海良友图书印刷公司）

山村一夜

外面的雪越下越紧了。狂风吹折着后山的枯冻了的树枝，发出哑哑的响叫。野狗遥远地，忧郁而悲哀地嘶吠着，还不时地夹杂着一种令人心悸的，不知名的兽类的吼号声。夜的寂静，差不多全给这些交错的声音碎裂了。冷风一阵一阵地由破裂的壁隙里向我们的背部吹袭过来，使我们不能禁耐地连连地打着冷噤。刘月桂公公面向着火，这个老年而孤独的破屋子主人，是我们的一位忠实的农民朋友介绍给我们来借宿的。他的左手拿着一大把干枯的树枝，右手捋着灰白的胡子，一边拨旺了火势，一边热烈地、温和地给我们这次的惊慌和劳顿安慰了；而且还滔滔不停地给我们讲述着他那生平的、最激动的一些新奇的故事。

因为火光的反映，他的眼睛是显得特别地歪斜、深陷，而且红红的。他的额角上牵动着深刻的皱纹；他的胡子顽强地、有力地高翘着；他的鼻尖微微地带点儿勾曲；嘴唇是颇为宽厚而且松弛的。他说起话来就像生怕人家要听不清或者听不懂他似的，总是一边高声地做着手势，一边用那深陷的、歪斜的眼睛看定着我们。

又因为夜的山谷中太不清静，他说话时总常常要起身去开开那扇破旧的小门，向风雪中去四围打望一遍，好像察看着有没有什么人前来偷听的一般；然后才深深地呵着气，抖落那沾身的雪花，将门儿合上了。

"……先生，您们真的愿意常常到我们这里来玩吗？那好极了！那我们可以经常地做一个朋友了。"他用手在这屋子里环指了一个圈圈，"您们来时总可以住在我这里的，不必再到城里去住客栈了。客栈里的民团局会给您们麻烦得要死的。那些蠢子啊！……什么保人啦，哪里来啦，哪里去啦，'年貌三代'啦……他们对于来客，全像是在买卖一条小牛或者一只小猪那样的，会给您们从头上直看到脚下，连您们的衣服身胚一共有多少斤重量，都会看出来的。真的，到我们这个连鸟都不高兴生蛋的鬼地方来，就专门欢喜这样子：给客人一点儿麻烦吃吃。好像他们自己原是什么好角色，而往来的客人个个都是坏东西那样的。因为这地方多年前就不像一个住人的地方了！真的，先生……

"世界上会有这样一些人的：他们自以为是怎样聪明得了不得，而别人只不过是一些蠢子。他们自己拿了刀去杀了人家——杀了'蠢子'——劫得了'蠢子'的财帛，倒反而四处去向其他的'蠢子'报告：他杀的只不过是一个强盗。并且说：他的所以要杀这个人，还不只是为他自己，而是实在地为你们'蠢子'大家呢！……于是，等到你们这些真正的蠢子都相信了他，甚至于相信到自己动起手去杀自己了的时候，他就会得意洋洋地躲到一个什么黑角落里去，暗暗地好笑起来了：'看啦！他们这些东西多蠢啊！他们蠢得连自己的妈妈都不晓得叫呢！'……真的，先生，世界上就真会有这样一些人的。但他们却不知道：蠢的才是他们自己呢！因为真正的蠢子蠢到了不能再蠢的时候，也就会一下子变得聪明起来的。那时候，他们这些自作聪明的人，就是再会得'叫妈妈'些，也怕是空的了吧。真的啊，先生！世界上的事情就通统是这样的——我说蠢子终究要变得聪明起来的。要是他不聪明起来，那他就只有自己去送死了，或者变成一个什么十足的痴子、疯子那样的东西！……先生，真的，不会错的！……从前我们这里还发生过一桩这样的事呢：一个人会蠢到这样的地步的——将自己亲生的儿子送去给人家杀了，还要给人家去叩头赔礼！您想：这还算是一个怎样的世界呢？人蠢到这样的地步了，又怎能不变成疯子呢？先生！……"

"啊——会有这样的事情吗？桂公公！一个人又怎能将自己的儿子送去给人家杀掉呢？"我们对于这激动的说话，实在地感到惊异起来了，便连忙这样问。

"您们实在不错，先生。一个人怎能将自己的儿子送去给人家杀掉呢？不会的，普天下不会，也不应该有这样的事情的。然而，我却亲自看见了，而且还和他们是亲戚，还为他们伤了一年多的心哩！先生。"

"怎样的呢？这又是怎样一回事呢？桂公公！"我们的精神完全给这老人家刺激起来了！不但忘记了外面的风雪，而且也忘记了睡眠和寒冷了。

"怎样一回事？唉，先生！不能说哩。这已经是快两周年的事情了！……但是先生，您们全不觉得要睡吗？伤心的事情是不能一句话两句话就说得完的！真的啊，先生！……您们不要睡？那好极了！那我们应该将火加得更大一些！……我将这话告诉您们了，说不定对您们还有很大的益处呢！事情就全是这样发生的：

"三年前，我的一个叫做汉生的学生，干儿子，突然地在一个深夜里跑来对我说：

"干爹，我现在已经寻了一条新的路了。我同曹德三少爷、王老发、李金生他们弄得很好了，他们告诉了我很多的事情。我觉得他们说得对，我要跟他们去了，像跟早两年前的农民会那样的。干爹，你该不会再笑我做蠢子和痴子了吧！"

"但是孩子，谁叫你跟他们去的呢？怎么忽然变得聪明起来了？你还是受了谁的骗呢？"我说。

"不的，干爹！"他说，"是我自己想清白了，他们谁都没有来邀过我；而且他们也并不勉强我去，我只是觉得他们说的对——就是了。"

"那么，又是谁叫你和曹三少爷弄做一起的呢？"

"是他自己来找我的。他很会帮穷人说话，他说得很好哩！干爹。"

"是的，孩子。你确是聪明了，你找了一条很好的路。但是，记着：千万不要多跟曹三少爷往来，有什么事情先来告诉我。干爹活在这世界上六十多年了，什么事都比你经验得多，你只管多多相信干爹的话，不会错的，孩子。去吧！安静一些，不要让你的爹爹知道，并且常常到我这里来……"

"先生，我说的就是这样一个孩子，给他那糊涂的、蠢拙的爹爹送掉的。

他住得离我们这里并不远，就在这山村子的那一面。他常常要到我这里来。因为立志要跟我学几个字，他便叫我做干爹了。他的爹爹是做老长工出身的，因为家境非常的苦，爷儿俩就专靠这孩子做零工过活。但他自己却十分有志气。白天里挥汗替别人家工作。夜晚小心地跑到我这里来念一阵书。不喝酒，不吃烟。而且天性又温存，有骨气。他的个子虽不高大，但是十分强壮。他的眼睛是大大的，深黑的，头发像一丛短短的柔丝那样……总之，先生！用不着多说，无论他的相貌、性情、脾气和做事的精神怎样，只要你粗粗一看，便会知道这绝不是一个没有出息的孩子就是了。"

"他的爹爹也常到这里来。但那是怎样一个人物呢？先生！站在他的儿子一道，您们无论如何不会相信他们是父子的。他的一切都差不多和他的儿子相反：可怜、愚蠢、懦弱，而且怕死得要命。他的一世完全消磨在别人家的泥土上。他在我们山后面曹大杰家里做了三四十年长工。而且从来没有和主人家吵过一次嘴。先生，关于这样的人本来只要一句话：就是猪一般的性子，牛一般的力气。他一直做到六七年前，老了，完全没有用了，才由曹大杰家里赶出去。带着儿子，狗一样地住到一个草屋子里，没有半个人去怜惜他。他的婆子多年前就死了，和我的婆子一样，而且他的家里也再没有别的人了！……

"就是这样的，先生。我和他们爷儿俩做了朋友，而且做了亲戚了。我是怎样地喜欢这孩子呢？可以说比自己亲生的儿子还要喜欢十倍。真的，先生！我是那样用心地一个一个字去教他，而他也从不曾间断过，哪怕是刮风、落雨、下大雪，一约定，他都来的。我读过的书虽说不多，然而教他却也足有余裕。先生，我是怎样在希望这孩子成人啊！……"

"自从那次夜深的谈话以后，我教这孩子便格外用心了。他来的也更加勤密，而且读书也更觉得刻苦了。他差不多天天都要来的。我一看到他，先生，我那老年人的心，便要温暖起来了。我想：'我的心爱的孩子，你是太吃苦了啊！你虽然找了一条很好的路，但是你怎样去安顿你自己的生活呢？白天里挥汗吃力，夜晚还要读书，跑路，做着你的有意思的事情！你看：孩子，你的眼睛陷进得多深，而且已经起了红的圈圈了呢！'唉，先生！当时我虽然一面想，却还一面这样对他说：'孩子啊，安心地去做吧！不错的——你们的路。干爹老了，已经没有用了。干爹只能眼睁睁地看着你们去做了哩。爱惜自己一些，不要将身子弄坏了！时间还长得很呢，孩子哟！……'但是，先生，我的口里虽是这样说，却有一种另外的、可怕的想念，突然来到我的心里了。而且，先生，这又是怎样一种懦弱的、伤心的、不可告人的想念呀！可是，我却没有法子能够压制它。我只是暗暗为自己的老迈和无能悲叹罢了！而且我的心里还在想哩：也许这样的事情不会来吧！好的人是决不应该遭意外的事情的！但是先生，我怎样了呢？我想的这些心思怎样了呢？……唉，不能说哩！我不知道世界上真的有没有天，而且天的心里到底在想些什么？为什么人家希望的事，偏偏不来；不希望的、耽心的、可怕的事，却一下子就飞来了？这到底是怎样的一个天呢？而且又是怎样的一个世界呢？先生，不能说哩。唉，唉！先生啊！……"

因了风势的过于猛烈，我们那扇破旧的小门和板壁，总是被吹得呀呀地作响。我们的后面也觉得有一股刺骨般的寒气，在袭击着我们的背心。刘月桂公公尽量地加大着火，并且还替我们摸出了一大捆干枯的稻草来。靠塞到我们的身后，这老年的主人家的言词和举动，实在地太令人感动了。他不但使我们忘记了白天路上跋涉的疲劳，而且还使我们忘记了这深沉、冷酷的长夜。

他只是短短地沉默了一会，听了一听那山谷间的、隐隐不断的野狗和兽类的哀鸣。一种夜的林下的阴郁的肃杀之气，渐渐地笼罩到我们的中间来了。他也没有再作一个其他的举动，只仅仅去开看了一次那扇破旧的小门，便又睁动着他那歪斜的、深陷的、湿润的眼睛，继续起他的说话来了。

"先生，我说：如果一个人要过分地去约束和干涉他自己的儿子，那么这个人便是一个十足的蠢子！就譬如我吧，我虽然有过一个孩子，但我却从来没有对他约束过，一任他自己去四处飘荡，七八年来，不知道他飘荡到些什么地方去了，而且连讯息都没有一个。因为年轻的人自有年轻人的思想、心情和生活的方法，老年人是怎样也不应该去干涉他们的。一干涉，他们的心的和身的自由，便要死去了。而我的那愚拙的亲家公，却不懂得这一点。先生，您想他是怎样地去约束和干涉他的孩子呢？唉，那简直不能说啊！除了到这里来以外，他完全是孩子走一步便跟一步地啰嗦着，甚至于连孩子去大小便他都得去望望才放心，就像生怕有一个什么人会一下子将他的孩子偷去卖掉的那样。您想，先生，孩子已经不是一个三岁两岁的娃娃了，又怎能那样地去监视呢？为了这事情我还不知道向他争论过几多次哩，先生。"

"我说：'亲家公啦！您莫要老是这样地跟着您的孩子吧！为的什么呢？是怕给人家偷去呢？还是怕老鹰来衔去呢？您应当知道，他已经不是一个娃娃了呀！'"

"'是的，亲家公。'他说，'我并不是跟他，我只是有些不放心他——就是了！'"

"'那么，您有些什么不放心他呢？'我说。"

"'没有什么，亲家公。'他说，'我不过是觉得这样，一个年轻的人，总应该管束一下子才好……'"

"'没有什么！'唉，先生！您想，一个人会懦弱到这样的地步的：马上说的话马上就害怕承认得。于是，我就问他：

'那么，亲家公，你管束他的什么呢？'

'没有什么，亲家公，我只是想象我的爹爹年轻时约束我的那样，不让他走到坏的路上去就是了。'

'拉倒了您的爹爹吧！亲家公！什么是坏的路呢？'先生，我当时便这样地生气起来了。'您是想将您的汉生约束得同您自己一样吗？一生一世牛马一样地跟人家犁地耕田。狗一样地让人家赶出去吗？……唉！你这愚拙的人啊！'先生，我当时只顾这样生气，却并没有看着他本人。但当我一看到他被我骂得低头一言不发，只管在拿着他的衣袖抖战的时候，我的心便完全软下来了。我想，先生，世界上为什么会有这样可怜无用的人呢？他为什么要生到这世界上来呢？唉，他的五六十岁的光阴如何度过的呢？于是先生，我就只能够这样温和地去对答他了：

'莫多心了吧！亲家公。莫要老是这样跟着您的汉生了，多爱惜自己一些吧！您要再是这样跟着，您会跟出一个坏结局来的。告诉您：您的汉生是用不着您耽心的了，至少比您聪明三百倍哩。'唉，先生，话有什么用处呢？我应该说的，通统向他说过了。他一当了你的面，怕得你要命；背了你的面，马上就四处去跟着，赶着他的儿子去了。"

"关于他儿子所做的事，大家都知道，是无论如何不能够去告诉他的。因此我就再三嘱咐汉生：不要在他爹爹面前露出行迹来了。但是，谁知道呢？这消息是从什么地方走给他耳朵里的呢？也许是汉生的同伴王老发吧，也许是曹三少爷和木匠李金生吧！……但是后来据汉生说：他们谁都没有告诉他过。大概是他自己暗中察觉出来的，因为他夜间也常常不睡地跟踪着。总之，汉生的一切，他不久都知道就是了，因此我就叫汉生特别注意，处处都要防备着他的爹爹。"

"大概是大前年八月的夜间吧，先生，汉生刚刚从我这里踏着月亮走出去，那个老年的愚拙的家伙便立刻跟着追到这里来了。因为没有看见汉生，他便觉得有些不好意思那样地走近我的身边。然而，却不说话。在大的月光的照耀下，他只是用他那老花的眼睛望着我，猪鬃那样的几根稀疏的胡子，也轻轻地发着战。我想：这老东西一定又是来找我说什么话了，要不然他就绝不会变成一副这样的模样。于是，我就立刻放下了温和的脸色，殷勤地接着他。"

"'亲家公啦！您来又有什么贵干呢？'我开玩笑一般地说。"

"'没有什么，亲家公。'他轻声地说：'我只是有一桩事情不、不大放心，想和您来商量商量——就是了。'"

"'什么呢，亲家公？'"

"'关于您的干儿子的情形，我想，亲家公，您应该知道得很详细吧？'"

"'什么呢？关于汉生的什么事情呢？嗳，亲家公？'"

"'他近几个月来，不知道为了什么事……亲家公！夜里总常常一个通夜不回来。……'"

"'那又有什么关系呢？'"

"'我想，亲家公！他说不定是跟着什么坏人，走到坏的路上去了。因为我常常看见他同李木匠、王老发他们做一道。要是真的，亲家公，您想：我将他怎么办呢？我的心里啊……'"

"'您的心里又怎样呢？'"

"'怎样？……唉，亲家公，您修修好吧！您好像一点都不知道那样的！您想：假如我的汉生要有了什么三长两短，我还有命吗？我不是要绝了后代了吗？有谁来替我养老送终呢？将来谁来上坟烧纸呢？我又统共只有这一个孩子！唉，亲家公。帮帮忙吧！您想想我是怎样将这孩子养大起来的呢？别人家不知道，您总应该知道呀！我那样千辛万苦地养大了他，我要是得不到他一点好处，我还有什么想头呢？亲家公！'"

"'那么您的打算是应该将他怎样呢？'先生，我有点郑重起来了。"

"'没有怎样，亲家公，'他说。这家伙大概又对着月光看到我的脸色了。"

'您莫要生我的气吧！我只是觉得有点害怕，有点伤心就是了！我能将他怎么办呢？……我不过是想……'"

"'啊——什么呢？'"

"'我想，想……亲家公，您是他的干爹！只有您的话他最相信，您又比我们都聪明得多。我是想……想……求求您亲家公对他去说一句开导的话，使他慢慢回到正路上来，那我就，就……亲家公啊！就感——感……您的恩，恩……了。'"

"唉！先生！您想：对待这样的一个人，还有什么法子呢？他居然也知道了他自己是不聪明的人。他说了那么一大套，归根结底——还不过是为了他自己没有'得到他一点好处，''怕'没有人'养老送终'，'伤心'没有人'上坟烧纸'罢了！而他自己却又没有力量去'开导'他的儿子，压制他的儿子，只晓得狗一样地跟踪着，跟出来了又只晓得跑到我这里来求办法，叫'愚人！'您想，我还能对这样可怜的、愚拙的家伙说点什么有意思的、能够使他想得开通的话呢？唉，先生，不能说哩！当时我是实在觉得生气，也觉得伤心。我极力地避开月光，为了怕他看出了我的不平静的脸色。因为我必须尽我的义务，对他说几句'开导'他的、使他想得通的话；虽然我明知道我的话对于这头脑糊涂的人没有用处，但是为了汉生的安静，我也不能够不说啊！"

"我说：'亲家公啦！您刚才啰里啰唆地说了这么一大套，到底为的什么呢？'啊，您是怕您的汉生走到坏的路上去吗？那么，您知道什么路是坏的，什么路才是好的呢？——您说。王老发、李金生他们都不是好人，是坏人！那么他们的"坏"又都坏在什么地方呢？——唉，亲家公！我劝您还是不要这样糊涂的乱说吧！凡事都应该自己先去想清一下子，再来开口的。您知道。您的年纪已经不小了呀！为什么还是这样地孩子一样呢？您怎么会弄得"绝后代"呢？您的汉生又几时对您说过不给您"养老送终"呢？并且一个人死了就死了，没有人来"上坟烧纸"又有什么了不得呢？嗳，亲家公，您是——蠢拙的人啊！……'唉，先生，我当时是这样叹气地说。'莫要再糟蹋您自己了吧，您已经糟蹋得够了！让我来真正告诉您这些事情吧：您的孩子并没有走到什么坏的路上去，您只管放心好了。汉生他比您聪明得多，而且他们年轻人自有他们年轻人的想法。至于王老发和李金生木匠他们就更不是什么歹人，您何必啰嗦他们，干涉他们呢？您要知道，即算是您将您的汉生管束得同您一样了，又有什么好处呢？莫要说我说得不客气，亲家公，同您一样至多也不过是替别人家做一世牛马算了。譬如我对我的儿子吧……八年了！您看我又有什么了不得呢？唉，亲家公啊！想得开些吧！况且您的儿子走的又并不是什么坏的路，完全是为着我们自己。您还有什么不放心的呢？唉，唉！亲家公啊！您这可怜的、老糊涂一样的人啊！……'"

"唉，先生，您想他当时听了我的这话之后怎样呢？他完全一声不做，只是呆呆地坐在那里，贼一样地用他那昏花的眼睛看着我，并且还不住地战动着他的胡子，开始流出眼泪来。唉，先生，我心完全给这东西弄乱了！您想我还能对他说出什么话来呢？我只是这样轻轻地去向他问了一问：

'喂，亲家公！您是觉得我的话说得不对吗，还是什么呢？您为什么又伤起心来了呢！'"

"这时候，先生，我还记得：那个大的、白白的月亮忽然地被一块黑云遮去了；于是，我们就对面看不清大家的面庞了。我不知道他一个人在黑暗中做了些什么事。半天，半天了……才听见他哀求一样地说道：

'唉，不伤心哩，亲家公！我只是想问一问您：我的汉生他们如果发生了

什么别的事情，我一个人又怎样办呢？唉，唉！我的——亲家公啊……'

'不会的哩，亲家公！您只管放心吧！只要您不再去跟着啰嗦着您的汉生就好了。您不知道一句这样的话吗——吉人自有天相的！何况您的汉生并不是蠢子，他怎么会不知道招呼他自己呢？……'

'唔，是的，亲家公！您说的——都蛮对！只是我……唔，嗯，总有点……不放心他……有点……害……怕就是了！呜呜……'"

"先生，这老家伙站起来了，并且完全失掉了他的声音，开始哽咽起来了。"

"'亲家公，莫伤心了吧！好好地回去吧！'我也站起来送他了，'您伤心的什么呢？替别人家做一世牛马的好呢？还是自己有土地自己耕田的好呢？您安心地回去想清些吧！不要再糊涂了吧！……'"

"唉，先生，还尽管啰啰嗦嗦地说什么呢？一句话——他便是这样一个懦弱的家伙就是了。并且凭良心说：自从那次的说话以后，我没有再觉得可怜这家伙，因为这家伙有很多地方有不应去给他可怜的。但是在那次——我却骗了他。而且还深深地骗了自己。您想：先生！'吉人自有天相的'，这到底是一句什么狗屁话呢？几时有过什么'吉人'，几时又看见过什么'天相'呢？然而，我却那样说了，并且还那样地祷告啦。这当然是我太爱惜汉生和太没有学问的缘故，因为我实在想不出一句适当的话去宽慰那个愚懦的人，也想不出一个法子来压制和安静自己。但是，先生，事情终于怎样了呢？'吉人'是不是'天相'了呢？……唉，要回答，其实，在先前我早就说过了的。那就是——您所想的、希望的事，偏偏不来；耽心的、怕的和祸祟的事，一下子就飞来了！唉，先生，虽然他们那第一次飞来的祸事，都不是应在我的汉生的头上，但是汉生的死，也就完全是遭了那次事的殃及哩，唉，唉！先生！啊……"

刘月桂公公因为用铁钳去拨了一拨那快要衰弱了的火焰。一颗爆裂的红星，便突然地飞跃到他的胡子上去了！这老年的主人家连忙用手尖去挥拂着，却已经来不及了，燃断掉三四根下来了……我们都没有说话。一种默默的、沉重的、忧郁之感，渐渐地压到了我们的心头。因为这故事的激动力，和烦琐反复的情节的悲壮，已经深深地锁住了我们的心喉，使我们插不进话去了。夜的山谷中的交错的声息，似乎都已经平静了一些。然而愈平静，就愈觉得世界在一步一步地沉降下去，好像一直欲沉降到一个无底的洞中去似的，使我们几乎透不过气来了。风雪虽然仍在飘降，但听来却也已经削弱了很多。一切都差不多渐渐在恢复夜的寂静的常态了。刘月桂公公却并没有关心到他周围的事物，他只是不住地增加着火势，不住地运用着他的手，不住地蠕动着他的灰暗的眉毛和睁开他的那昏沉的、深陷的、歪斜的眼睛。

因为遭了那火花的飞跃的损失，他继续着说话的时候，总是常常要用手去摸着，护卫着他那高翘着而有力量的胡子。

"那第一次的祸事的飞来，"他接着说，"先生，也是在大前年的十一月里。那时候，我们这里的民团局因为和外来的军队有了联络，便想寻点什么功劳去献献媚，巴结巴结那有力量的军官上司，便不分日夜地来到我们这山前山后四处搜索着。结果，那个叫做曹三少爷的，便第一个给他们弄去了。"

"这事情的发生，是在一个降着严霜的早上。我的干儿子汉生突然地丢掉了应做的山中的工作，喘息呼呼地跑到我这里来了。他一边睁大着他那大的、深黑的眼睛，一边上气不接下气地说：

'干爹，我们的事情不好了！曹三少爷给，给，给……他们天亮时弄去了！这怎，怎么办呢？干爹……'"

"唉，先生，我当时听了，也着实地替他们着急了一下呢。但是翻过来细细一想，觉得也没有什么大得了不得。因为我们知道：对于曹三少爷他们那样的人，弄去不弄去，完全一样，原就没有什么关系的。因为他们愿不愿意替穷人说话和做事，就只要看他们高兴不高兴了，他们要是不高兴，不乐意了，说不定还能够反过来弄他的'同伴'一下子的。然而，我那仅仅只是忠诚、赤热而没有经历的干儿子，却不懂得这一点。他当时看到我只是默默着不做声，便又热烈而认真地接着说：

'干爹，您老人家怎么不做声呢？您想我们要是没有了他还能怎么办呢？……唉，唉！干爹啊！我们失掉这样一个好的人，想来实在是一桩伤心的、可惜的事哩！……'"

　　"先生，他的头当时低下去了。并且我还记得，的确有两颗大的、亮晶晶的眼泪，开始爬出了他那黑黑的、湿润的眼眶。我的心中，完全给这赤诚的、血性的孩子感动了。于是，我便对他说：

　　'急又有什么用处呢？孩子！我想他们不会将他怎样吧！你知道，他的爹爹曹大杰还在这里当"里总"① 呀，他怎能不设法子去救他呢？……'

　　'唉，干爹！曹大杰不会救他哩！因为曹三少爷跟他吵过架，并且曹三少爷还常常对我们说他爹爹的坏话。您老人家想：他怎能去救这样的儿子呢？……并且，曹三少爷是——好的，忠实的，能说话的角色呀！……'

　　'唉，你还早呢，你的经历还差得很多哩，孩子！'我是这样地抚摸着他的柔丝的头发，说，'你只能够看到人家的外面，你看不到人家的内心的，你知道他的心里是不是同口里相合呢？告诉你，孩子！越是会说话的人，越靠不住。何况曹德三的家里的地位，还和你们相差这样远。你还知道"叫得好听的狗，不会咬人——会咬人的狗，决不多叫"的那句话吗？……'

　　'干爹，我不相信您的话！……'这忠实的孩子立刻揩干眼泪叫起来了：'对于别人，我想：您老人家的话或者用得着的。但是对于曹三少爷，那您老人家就未免太、太不原谅他了！……我不相信这样的一个好的人，会忽然变节！……'

　　'对的，孩子！但愿这样吧。你不要怪干爹太说直话，也许干爹老了，事情见得不明了。曹德三这个人我又不常常看见，我不过是这样说说就是了。"宁可信其有，不可信其无。"你自己可以去做主张，凡事多多防备防备……不过曹德三少爷我可以担保，决不致出什么事情……'"

　　"先生，就是这样的。我那孩子听了我的这话之后，也没有再和我多辩，便摇头叹气，怏怏不乐地走开了。我当时也觉得有些难过，因为我不应该太说得直率，以致刺痛了他那年轻的、赤热的心。我当时也是怏怏不乐的回到屋子里了。"

　　"然而，不到半个月，我的话便证实了——曹德三少爷安安静静地回到他

―――――――――――――――――

　　① "里总"：同村妊、乡长一样。

的家里去了。

"这时候，我的汉生便十分惊异地跑来对我说：

'干爹，你想：曹德三少爷怎样会出来的？'

'大概是他们自己甘心首告了吧？'

'不，干爹！我不相信会有这样的事。三少爷是很有教养的人，他还能够说出很动人的、很有理性的话来哩！……'

'那么，你以为怎样呢？'

'我想：说不定是他的爹爹保出来的。或者，至多也不过是他的爹爹替他弄的手脚，他自己是决不至于去那样做的！……'

'唉，孩子啊！你还是多多地听一点干爹的话吧！不要再这样相信别人了，还是自己多多防备一下吧！……'

'对的，干爹。我实在应该这样！……'

'并且，莫怪干爹说得直：你们还要时刻防备那家伙——那曹三少爷……'"

"那孩子听了我这话，突然地惊愕得张开了他的嘴巴和眼睛，说不出话来了。很久，他好像还不曾听懂我的话一样。于是，先生，我就接着说：

'我是说的你那"同伴"——那曹三少爷啦！……'

'那该——不会的吧！……干爹！'他迟迟而且吃惊地、不大欲信地说。

'唉，孩子啊！为什么还是这样不相信你的干爹呢？干爹难道会害你吗？骗你吗？……'

'是，是——的！干爹！……'他一边走，低头回答道。并且我还清晰地听见，他的声音已经渐渐变得酸硬起来了，这时候我因为怕又要刺痛了他的心，便不愿意再追上去说什么。我只是想．先生，这孩子到底怎样了呢？唉，唉，他完全给曹德三的好听的话迷住了啊！……"

"就是这样地平静了一个多月，大家都相安无事。虽然这中间我的那愚懦的亲家公曾来过三四次，向我申诉过一大堆一大堆的苦楚，说过许多'害怕'和'耽心'的话。可是，我却除了劝劝他和安慰安慰他之外，也没有多去理会他。一直到前年正月十五日，元宵节的晚上，那第二次祸祟的事，便又突然地落到他们的头上来了！……"

"那一晚，当大家正玩龙灯玩得高兴的时候，我那于儿子汉生，完全又同前次一样，匆匆地、气息呼呼地溜到我这里来了。那时候，我正被过路的龙灯闹得头昏脑涨，想一个人偷呆在屋子里，点一支蜡烛看一点书。但突然地给孩子冲破了。我一看见他进来的那模样，便立刻吓了一跳，将书放下来，并且连忙地问着：

'又发生了什么呢，汉生？'我知道有些不妙了。"

"他半天不能够回话，只是睁着大的、黑得怕人的眼睛，呆呆地望着我。"

"'怎样呢，孩子？'我追逼着，并且关合了小门。"

"'王老发给他们弄去了——李金生不见了！'"

"'谁将他们弄去的呢？'"

"'是曹——曹德三！干爹……'他仅仅说了这么一句，两线珍珠一般的大的眼泪，便滔滔不绝地滚出来了！"

"先生，您想！这是怎样的不能说的事啊！"

"那时候，我只是看着他，他也牢牢地望着我……我不做声他不做声！……蜡烛尽管将我们两个人的影子摇得飘飘动动！……可是，我却寻不出一句适当的话来。我虽然知道这事情必然要来了，但是，先生，人一到了过分惊急的时候，往往也会变得愚笨起来的。我当时也就是这样。半天，半天……我才失措一般地问道：

"'到底怎样呢？怎样地发生的呢？……孩子！'"

"我不知道。我一个人等在王老发的家里，守候着各方面的讯息，因为他们决定在今天晚上趁着玩龙灯的热闹，去捣曹大杰和石震声的家。我不能出去。但是，龙灯还没有出到一半，王老发的大儿子哭哭啼啼地跑回来了。他说：'汉叔叔，快些走吧！我的爹爹给曹三少爷带着兵弄去了！李金生叔叔也不见了！……'这样，我就偷着到您老人家这里来了！……'"

"'晤……原来……'我当时这样平静地应了一句。可是忽然地，一桩另外的、重要的意念，跑到我的心里来了，我便惊急地说：

'但是孩子——你怎样呢？他们是不是知道你在我这里呢？他们是不是还

要来寻你呢？……'

　　'我不知道……'他也突然惊急地说——他给我的话提醒了。'我不知道他们在不在寻我？……我怎么办呢？干爹……'"

　　"唉，诚实的孩子啊！"先生，我是这样地吩咐和叹息地说，'你快些走吧！这地方你不能久留了！你是——太没有经历了啊！走吧，孩子！去到一个什么地方去躲避一下！'

　　'我到什么地方去呢，干爹？'他急促地说，'家里是万万不能去的，他们一定知道！并且我的爹爹也完全坏了！他天天对我啰嗦着，他还羡慕曹三忘八'首告'得好——做了官！……您想我还能躲到什么地方去呢？'"

　　"先生，这孩子完全没有经历地惊急得愚笨起来了。我当时实在觉得可怜、伤心，而且着急。"

　　"'那么，其他的朋友都完全弄去了吗？'我说。

　　'对的，干爹！'他说，'我们还有很多人哩！我可以躲到杨柏松那里去的。'"

　　"他走了，先生。但是走不到三四步，突然地又回转了身来，而且紧紧地抱住着我的颈子。

　　'干爹！……'

　　'怎么呢，孩子？'

　　'我，我只是不知道：人心呀——为什么这样险诈呢？……告诉我，干爹！……'"

　　"先生，他开始痛哭起来了，并且眼泪也来到了我的眼眶。我，我，我也忍不住了！……"

　　刘月桂公公略略停一停，用黑棉布袖子揩掉了眼角间溢出来的一颗老泪，便又接着说了：

　　"'是的，孩子。不是同一命运和地位的人，常常是这样的呢！'我说，'你往后看去，放得老练一些就是了！不要伤心了吧！这里不是你说话的地方了。孩子，去吧！'"

　　"这孩子走过之后，第二天……先生，我的那蠢拙的亲家公一早晨就跑到我这里来了。他好像准备了一大堆话要和我说的那样，一进门，就战动着他那猪鬃一样的几根稀疏的胡子，吃吃地说：

'亲家公，您知道王、王老发昨、昨天夜间又弄去了吗？……'

'知道呀，又怎样呢？亲家公。'

'我想他们今天一、一定又要来弄、弄我的汉生了！……'

'您看见过您的汉生吗？'

'没有啊——亲家公！他昨天一夜都没有回来……'

'那么，您是来寻汉生的呢？还是怎样呢？……'

'不，我知道他不在您这里。我是想来和您商，商量一桩事的。您想，我和他生、生一个什么办法呢？'

'您以为呢？'我猜到这家伙一定又有了什么坏想头了。

'我实在怕呢，亲家公！……我还听见他们说：如果弄不到汉生就要来弄我了！您想怎样的呢？亲家公……'

'我想是真的，亲家公。因为我也听见说过：他们那里还正缺少一个爹爹要您去做呢。'先生，我实在气极了，'要是您不愿意去做爹爹，那么最好是您自己带着他去将您的汉生给他们弄到，那他们就一定不会来弄您了。对吗，亲家公？'

'唉，亲家公——您为什么老是这样地笑我呢？我是真心来和您商量的呀！……我有什么得罪了您老人家呢！唉，唉！亲家公。'

'那么您到底商量什么呢？'

'您想，唉，亲家公。您想……您想曹德三少爷怎样呢？……他，他还做了官哩！……'

'那么，您是不是也要您的汉生去做官呢？'先生，我实在觉得太严重了，我的心都气痛了！便再也忍不住地骂道：'您大概是想尝尝老太爷和吃人的味道了吧，亲家公？……哼哼！您这好福气的、禄位高升的老太爷啊！……'"

"先生，这家伙看到我那样生气，更吓得全身都抖战起来了，好像怕我立刻会将他吃掉或者杀掉的那样，把头完全缩到破棉衣里去了。

'唔，唔——亲家公！'他说，'您，怎么又要骂我呢？我又没有叫汉生去

51

做官，您怎么又要骂我呢？唉！我，我我不过是这样说说别人家呀！……'

'那么。谁叫您说这样的蠢话呢？您是不是因为在他家里做了一世长工而去听了那老狗和曹德三的笼哄、欺骗呢？想他们会叫您一个长工的儿子去做官吗？……蠢拙的东西啊！您到底怎样受他们的笼哄、欺骗的呢？说吧，说出来吧！您这猪一样的人啊！……'

'没有啊——亲家公！我一点都——没有啊！……'"

"先生，我一看见他那又欲哭的样子，我的心里不知道怎样的，便又突然的软下来了。唉，先生，我就是一个这样没有用处的人哩！我当时仅仅只追了他一句：

'当真没有？'

'当真——一点都没有啊！——亲家公。……'"

"先生，就是这样的，他去了。一直到第六天的四更深夜，正当我们这山谷前后的风声紧急的时候，我的汉生又偷来了。他这回却带来了另外一个人，那个人就是木匠李金生。现在还在一个什么地方带着很多人冲来冲去的，但却没有能够冲回到我们这老地方来。他是一个大个子，高鼻尖，黄黄的头发，有点像外国人的。他们跟着我点的蜡烛一进门，第一句就告诉我说：王老发死了！就在当天——第四天的早上。并且还说我那亲家公完全变坏了，受了曹大杰和曹德三的笼哄、欺骗！想先替汉生去'首告'了，好再来找着汉生，叫汉生去做官。那木匠并且还是这样地挥着他那砍斧头一样的手，对我保证说：

'的确的呢，桂公公！昨天早晨我还看见他贼一样地溜进曹大杰的家里去了。他的手里还拿着一个包包，您想我还能哄骗您老人家吗，桂公公？'"

"我的汉生一句话都不说。他只是失神地、忧闷地望着我们两个人，他的眼睛完全为王老发哭肿了。关于他的爸爸的事情，他半句言词都不插。我知道这孩子的心，一定痛得很厉害了，所以我便不愿再将那天和他爹爹相骂的话说出来，并且我还替他宽心地说开去。

'我想他不会的吧，金生哥！'我说，'他虽然蠢拙，可是生死利害总应当知道呀！'

'他完全是给怕死、发财和做官吓住了，迷住了哩！桂公公！'木匠高声地、生气一般地说。"

"我不再做声了。我只是问了一问汉生这几天的住处和做的事情，他好像'心不在焉'那样地回答着。他说他住的地方很好，很稳当，做的事情很多，因为曹德三和王老发所留下来的事情，都给他和李金生木匠担当了。我当然不好再多问。最后，关于我那亲家公的事情，大家又决定了：叫我天明时或者下午再去汉生家中探听一次，看到底怎样的。并且我们约定了过一天还见一次面，使我好告诉他们探听的结果。"

"可是，我的汉生在临走时候还嘱咐我说：

'干爹，您要是再看了我的爹爹时，请您老人家不要对他责备得太厉害了，因为他……唉，干爹！他是什么都不懂得哩！……并且，干爹，'他又说，'假如他要没有什么吃的了，我还想请您老人家……唉，唉，干爹——'"

"先生，您想：在世界上还能寻到一个这样好的孩子吗？"

"就在这第二天的一个大早上，我冒着一阵小雪，寻到我那亲家公的家里去了。可是，他不在。茅屋子小门给一把生着锈的锁锁住了。中午时我又去，他仍然不在。晚间再去……我问他那做竹匠的一个癞痢头邻居，据说是昨天夜深时给曹大杰家里的人叫去了。我想：完了……先生。当时我完全忘记了我那血性的干儿子的嘱咐，我暴躁起来了！我想——而且决定要寻到曹大杰家里的附近去，等着，守着他出来，揍他一顿！……可是，我还不曾走到一半路，便和对面来的一个人相撞了！我从不大明亮的、薄薄的雪光之下，模糊地一看，就看出来了那个人是亲家公。先生，您想我当时怎样呢？我完全沉不住气了！我一把就抓着他那破棉衣的胸襟，厉声地说：

'哼——你这老东西！你到哪里去了呢？你告诉我——你干的好事呀！'

'唔，嗯——亲家公！没有呵——我，我，没有——干什么啊！'……

'哼，猪东西！你是不是想将你的汉生连皮、连肉、连骨头都给人家卖掉呢？'

'没有啊——亲家公。我完全——一点……都没有啊！'

'那么，告诉我！猪东西！你只讲你昨天夜里和今天一天到哪里去了？'

'没有啊！亲家公。我到城、城里去，去寻一个熟人。熟人去了啊！'"

"唉，先生，他完全颤动起来了！并且我还记得：要不是我紧紧地拉着他的胸襟，他就要在那雪泥的地上跪下去了！先生，我将他怎么办呢？我当时想。我的心里完全急了，乱了——没有主意了。我知道从他的口里是无论如何吐不出真消息来的。因为他太愚拙了，而且受人家的哄骗的毒受得太深了。这时候，我忽然地记起了我的那天性的孩子的话：'不要将我的爹爹责备得太厉害了！……因为他什么都不懂得！……'先生，我的心又软下去了！——我就是这样地没有用处。虽然我并不是在可怜那家伙，而是心痛我的干儿子，可是我到底不应该在那个时候轻易地放过他，不揍他一顿，以致往后没有机会再去打那家伙了！没有机会再去消我心中的气愤了！就是那样的啊，先生。我将他轻轻地放去了，并且不去揍他，也不再去骂他，让他溜进他的屋子里去了！……"

"到了约定的时候，我的干儿子又带了李金生跑来。当我告诉了他们那事情的时候，那木匠只是气得乱蹦乱跳，说我不该一拳头都不揍，就轻易地放过他。我的干儿子只是摇头，流眼泪，完全流得像两条小河那样的，并且他的脸已经瘦得很厉害了！被繁重的工作弄得憔悴了！眼睛也越加显得大了，深陷了！好像他的脸上除了那双黑黑的眼睛以外，就再看不见了别的东西那样的。这时候我的心里的着急和悲痛的情形，先生，我想您们总该可以想到的吧！我实在是觉得他们太危险了！我叫他们以后绝不要再到我这里来，免得给人家看到。并且我决意地要我的干儿子和李金生暂时离开这山村子，等平静了一下，等那愚拙的家伙想清了一下之后再回来。为了要使这孩子大胆地离开故乡去漂泊，我还引出自己的经历来做了一个例子，对他说：

'去吧，孩子啊！同金生哥四处去飘游一下，不要再拖延在这里等祸事了！四处去见见世面吧！……你看干爹年轻的时候飘游过多少地方，有的地方你连听都没有听到过哩。一个人，赤手空拳地，人军营，打仗，坐班房……什么苦都吃过，可是，我还活到六十多岁了。并且你看你的定坤哥，（我的儿子的名字，先生。）他出去八年了，信都没有一个。何况你还有金生哥做同伴呢！……'"

　　"可是，先生，他们却不一定地答应。他们只是说事业抛不开，没有人能够接替他们那沉重的担子。我当时和他们力争说：担子要紧——人也要紧！真到最后，他们终于被说得没有了办法，才答应着看看情形再说；如果真的站不住了，他们就到外面去走一趟也可以的。我始终不放心他们这样的回答。我说：

　　'要是在这几天他们搜索得厉害呢？……'

　　'我们并不是死人啊，桂公公！'木匠说。"

　　"他们走了，先生，我的干儿子实在不舍地说：

　　'我几时再来呢，干爹？'

　　'好些保重自己吧！孩子，处处要当心啊！我这里等事情平静之后再来好了！莫要这样的，孩子！见机而作，要紧得很时，就到远方去避一时再说吧！……'"

　　"先生，他哭了。我也哭了。要不是有李金生在他旁边，我想，先生，他说不定还要抱着我的颈子哭半天呢！……唉！唉——先生，先生啊——又谁知道这一回竟成了我们的永别呢？唉，唉——先生，先生啊！……"

　　火堆渐渐在熄灭了，枯枝和枯叶也没有了。我们的全身都给一种快要黎明时的严寒袭击着，冻得同生铁差不多。刘月桂公公只管在黑暗中战得悉索地作响，并且完全停止了他的说话。我们都知道：这老年的主人家不但是为了寒冷，而且还被那旧有的、不可磨消的创痛和悲哀，沉重地鞭捶着！雄鸡已经遥遥地啼过三遍了，可是，黎明还不即刻就到来。我们为了不堪在这严寒的黑暗中沉默，便又立刻请求和催促着老人家，要他将故事的"收场"赶快接着说下去，免得耗费时间了。

　　他摸摸索索地站起身来，沿着我们走了一个圈子，深深地叹着气，然后又坐了下去。

　　"不能说哩，先生！唉，唉！……"他的声音颤动得非常厉害了，"说下去连我们的心都要痛死的。但是，先生，我又怎能不给您们说完呢？唉，唉！先生，先生啊！……"

　　"大概过了半个多月的平静日子，我们这山谷的村前村后，都显得蛮太平那样的。先生！李金生没有来，我的亲家公也没有来。我想事情大概是没有关系了吧！亲家公或者也想清一些了吧！可是，正当我准备要去找我那亲家公的时候，忽然地，外面又起了风传了——鬼知道这风传是从什么地方来的呢！我只是听到那个癫痫头竹匠对我说了这么一句：'汉生给他的爹爹带人弄去了！'我的身子便像一根木头柱子那样地倒了下去！……先生，在那时候，我只一下子就痛昏了。并且我还不知道是什么人在什么时候给我弄醒来的。总之，当我醒来的时候，我的眼睛已经给血和泪弄模糊了！我所看见的世界完全变样了！……我虽然明知道这事情终究要来的，但我又怎能忍痛得住我自己呢？先生啊！……我不知道做声也不知道做事地、呆呆地坐了一个整日。我的棉衣通统给眼泪湿透了。一点东西都没有吃。不知道世界上还有没有比这更残酷、更伤心的事情！为什么这样的事情偏偏要落到我的头上呢？我想：我还有什么呢？世界上剩给我的还有什么呢？唉，唉！先生……"

"我完全不能安定，睡不是，坐不是，夜里烧起一堆大火来，一个人哭到天亮。我虽然明知道'吉人天相'的话是狗屁，可是，我却卑怯地念了一通晚。第二天，我无论如何忍痛不住了，我想到曹大杰的大门口去守候那个愚拙的东西，和他拼命。但是，我守了一天都没有守到。夜晚又来了，我不能睡。我不能睡下去，就好像看见我的汉生带着浑身血污在那里向我哭诉的一样。一切夜的山谷中的声音，都好像变成了我的汉生的悲愤的申诉。我完全丧魂失魄了。第三天，先生，是一个大风雨的日子，我不能够出去。我只是咬牙切齿地骂那蠢恶的、愚拙的东西，我的牙齿都咬得出血了。'虎口不食儿肉！'先生，您想他还能算什么人呢？"

"连夜的大风大雨，刮得我的心中只是炸开那样地作痛。我挂记着我的干儿子，我真是不能够替他作想啊！先生，连天都在那里为他流眼泪呢。我滚来滚去地滚了一夜，不能睡。也找不到一个能够探听出消息的人。天还没有大亮，我就爬起来了，我去开开那扇小门，先生，您想怎样呢？唉，唉！世界真会有这样伤心的古怪事情的——我第一眼看见的就是那个要命的愚拙的家伙。他为什么会回到这里来的呢？这又是怎样一回事呢？唉，唉，先生！他完全落得浑身透湿，狗一样地蹲在我的门外面，抖索着身子。他大概是来得很久了，蹲在那里而不敢叫门吧！这时候，先生，我的心血完全涌上来了！我本是想要拿把菜刀去将他的头顶劈开的，但是，我还没有来得及翻身去，他就爬到泥地上跪下来了！他的头捣蒜那样地在泥水中捣着，并且开始小孩子一样地放声大哭了起来。先生，凭大家的良心说说吧！我当时对于这样的事情应该怎样办呢？唉，唉！这蠢子——这疯子啊！……杀他吧？看那样子是无论如何也下不去手的！不杀吗？又恨不过，心痛不过！先生，连我都差不多要变成疯子了呢！我的眼睛中又流出血来了！我走进屋子里去，他也跟着，哭着，用膝头爬了进来。唉，先生！怎样办呢？……"

"我坐着，他跪着。……我不做声，他不做声！……他的身子抖，我的身子也抖！……我的心里只想连皮连骨活活的吞掉他，可是。我下不去手，完全没有用！……

'呜——呜……亲家公！'半天了，他才昂着那泥水玷污的头，说，'恩、我的恩——人啊……打、打我吧！……救救，我和孩、孩子吧！呜，呜——我的恩——亲家公啊——'"

"先生，您想：这是怎样叫人伤心的话呢！我拿这样的人和这样的事情怎么办呢？唉，唉，先生！真的呢，我要不是为了我那赤诚的、而又无罪受难的孩子啊！……我当——时只是——

'怎样呢？——你这老猪啦！孩子呢？孩子呢？'——我提着他的湿衣襟，严酷地问他说。

'没有——看见啊！亲家公，他到——呜，呜，——城、城里，粮子里去了哩！——呜，呜……'

'啊——粮子里？……那么，你为什么还不跟去做老太爷呢？你还到我们这穷亲戚这里来做什么呢？……'

'他、他们，曹大杰，赶、赶我出来了！恩——恩人啊！呜，呜！……'

'哼！"恩人啊？"——谁是你的"恩人"呢？……好老太爷！你不要认错了人啦……只有你自己才是你儿子的"恩人"，也只有曹大杰才是你自己的恩人呢！……'"

"先生。他的头完全叩出血来了！他的喉咙也叫嘶了！一种报复的、厌恶

57

的、而且又万分心痛的感觉，压住了我的心头。我放声大哭起来了。他爬着上前来，下死劲地抱着我的腿子不放！而且，先生，一说起我那受罪的孩子，我的心又禁不住的软下来了！……看他那样子，我还能将他怎么办呢？唉，先生，我是一生一世都没有看见过蠢拙得这样可怜的、心痛的家伙呀！……

'他、他们叫我自己到城、城里去！'他接着说，'我去了！进、进不去呢！呜，亲家——恩人啊！……'"

"唉，先生！直到这时候，我才完全明白过来了。我说：'老猪啦！你是不是因为老狗赶出了你，而要我陪你到城里的粮子里去问消息呢？'先生，他只是狗一样地朝我望着，很久，并不做声。'那么，还是怎样呢？'我又说。

'是，是，亲家恩人啊！救救我的孩子吧——恩——恩人啊！……'"

"就是这样，先生！我一问明白之后，就立刻陪着他到城里去了。我好像拖猪羊那样地拖着他的湿衣袖，冒着大风和大雨，连一把伞都不曾带得。在路上，仍旧是——他不做声，我不做声。我的心里只是像被什么东西在那里踩踏着。路上的风雨和过路的人群，都好像和我们没有关系。一走到那里，我便叫他站住了，自己就亲身跑到衙门去问讯和要求通报。其实，并不费多的周折，而卫兵进去一下，就又出来了。他说：官长还正在那里等着要寻我们说话呢！唔！先生，听了这话，我当时还着实地惊急了一下子！我以为还要等我们，是……但过细一猜测，觉得也没有什么。而且必须要很快地得到我的干儿子的消息，于是，就大着胆子，拖着那猎人进去了。"

"那完全是一个怕人的场面啦！先生。我还记得：一进去，那里面的内卫，就大声地吆喝起来了。我那亲家公几乎吓昏了，腿子只是不住地抖战着。"

"'你们中间谁是文汉生的父亲呢？'一个生着小胡子的官儿，故意装得温和地说。

'我——是。'我的亲家公一根木头那样地回答着。

'好哇！你来得正好！……前两天到曹大爷家里去的是你吗？'

'是！……'老爷！'"

"唉，先生！不能说哩。我这时候完全看出来了——他们是怎样在摆布我那愚拙亲家公啊！我只是牢牢地将我的眼睛闭着，听着！……

'那么。你来又是做什么的呢？'官儿再问。

'我的——儿子啦！……老爷！'

'儿子？文汉生吗？原来……老头子！那给你就是喽！——你自己到后面的操场中去拿吧！……'"

"先生，我的身子完全支持不住了，我已经快要昏痛得倒下去了！可是，我那愚拙的亲家公却还不知道，他似乎还喜得、高兴得跳了起来，我听着：他大概是想奔到后操场中去'拿儿子'吧！……突然地，给一个声音一带，好像就将他带住了！

'你到什么地方去？老东西！'

'我的——儿子呀！'"

"先生，我的眼越闭越牢了，我的牙关咬得绷紧了。我只听到另外一个人大喝道：

'哼！你还想要你的儿子哩，老乌龟！告诉你吧！那样的儿子有什么用处呢？'为非作歹！''忤逆不孝！''目无官长！''咆哮公堂！'……我们已经在今天早晨给你……哼哼！枪毙了——你还不快些叩头感谢我们吗？……嗯！要不是看你自己先来'首告'得好时……'"

"先生！世界好像已经完全翻过一个边来了！我的耳朵里雷鸣一般地响着！眼睛里好像闪动着无数条金蛇那样的。模糊之中，只又听到另外一个粗暴的声音大叫道：

'去呀！你们两个人快快跪下去叩头呀！这还不应当感激吗……'"

"于是，一个沉重的枪托子，朝我们的腿上一击——我们便一齐连身子倒了下去，不能够再爬起来了！……"

"唉，唉！先生，完了啊！——这就是一个从蠢子变痴子、疯子的伤心故事呢！……"

刘月桂公公将手向空中沉重地一击，便没有再做声了。这时候，外面的、微弱的黎明之光已经开始破绽进来了。小屋子里便立刻现出来了所有的什物的轮廓，而且渐渐地清晰起来了。这老年的主人家的灰白的头，仰靠到床沿上，歪斜的、微闭着的眼皮上，留下着交错的泪痕。他的有力的胡子，完全阴郁地低垂下来了，错乱了，不再高翘了。他的松弛的、宽厚的嘴唇，为说话的过度的疲劳，而频频地战动着。他似乎从新感到了一个枪托的重击那样，躺着而不再爬起来了！……我们虽然也觉十分疲劳、困倦，全身疼痛得要命，可是，这故事的悲壮和人物的英雄的教训，却偿还了我们的一切。我们觉得十分沉重地站起了身来，因为天明了，而且必须要赶我们的路。我的同伴提起了那小的衣包，用手去推了一推刘月桂公公的肩膀。这老年的主人家，似乎还才从梦境里惊觉过来的一般，完全怔住了！

"就去吗？先生！……你们都不觉得疲倦吗？不睡一下吗？不吃一点东西去吗？……"

"不，桂公公！谢谢你！因为我们要赶路。夜里惊扰了您老人家一整夜，我们的心里实在过意不去呢！"我说。

"唉！何必那样说哩，先生。我只希望您们常常到我们这里来玩就好了。我还啰啰嗦嗦地，扰了您们一整夜，使您们没有睡得觉呢！"桂公公说着，他的手几乎又要揩到眼睛那里去了。

我们再三郑重地、亲敬地和他道过了别，踏着碎雪走出来。一路上，虽然疲倦得时时要打瞌睡，但是只要一想起那伤心的故事中的一些悲壮的、英雄的人物，我们的精神便又立刻振作起来了！

前面是我们的路……

1936 年 7 月 4 日，大病之后。

（选自《山村一夜》，1937 年 4 月，上海良友图书印刷公司）

湖上

晚饭后，那个姓王的混名叫做"老耗子"的同事，又用狡猾的方法，将我骗到了洞庭湖边。

他是一个非常乐天的、放荡的人物。虽然还不到四十岁，却已留着两撇细细的胡子了。他的眼睛老是暄暄地笑着的。他的眉毛上，长着一颗大的、亮晶晶的红痣。他那喜欢说谎的小嘴巴，被压在那宽大的、诚实的鼻梁和细胡子之下，是显得非常的滑稽和不相称的。他一天到晚，总是向人家打趣着、谎骗着。尤其是逗弄着每一个比较诚实和规矩的同事，出去受窘和上当，那是差不多成为他每天唯一的取乐的工作了。

他对我，也完全采一种玩笑的态度。他从来没有叫过我的名字，而只叫"小虫子"，或者是"没有经过世故的娃娃"。

"喂！出去玩吧，小虫子，"一下办公厅，他常常这样的向我叫道，"你为什么还在这里用功呢？你真是一个——没有经过世故的娃娃呀！……来，走吧，

'人生不满百，常怀千年忧'，你大概义在这里努力你的万里前程了罢，你要知道——世界上是没有一千岁的人的呀！何不及时行行乐呢？……小虫子！'今朝有酒今朝醉'啦！……"于是他接着唱着他那永远不成腔调的京戏："叹人生……世间……名利牵！抛父母……别妻子……远离……故……园！……"

今天，他又用了同样的论调，强迫着将我的书抛掉了。并且还拉着我到湖上，他说是同去参观一个渔夫们的奇怪的结婚礼。

我明明地知道他又在说谎了。但我毕竟还是跟了他去，因为我很想知道他到底要和我开一个怎样的玩笑。

黄昏的洞庭湖上的美丽，是很难用笔墨形容得出来的。尤其是在这秋尽冬初的时候，湖水差不多完全摆脱了夏季的浑浊，澄清得成为一片碧绿了。轻软的、光滑的波涛，连连地、合拍地抱吻着沙岸，而接着发出一种失望的叹息似的低语声。太阳已经完全沉没到遥遥的、无际涯的水平线之下了。留存着在天空中的，只是一些碎絮似的晚霞的裂片。红的、蓝的、紫玉色和金黑色的，这些彩色的光芒，反映到湖面上，就更使得那软滑的波涛美丽了。离开湖岸约半里路的蓼花洲，不时有一阵阵雪片似的芦花，随风向岸边飘忽着。远帆逐渐地归来了，它们一个个地掠过蓼花洲，而开始剪断着它们的帆索。

人在这里，是很可以忘却他自身的存在的。

我被老耗子拉着走着，我的心灵就仿佛生了翅膀似的，一下子活到那彩霞的天际里去了。我只顾贪婪地看着湖面，而完全忘记了那开玩笑的事情。

当我们走近了一个比较干净的码头的时候，突然地，老耗子停住了。他用一只手遮着前额，静静地、安闲地、用他那暄暄的小眼睛，开始找寻着停泊在码头下的某一个船只。而这时候，天色是渐渐地昏暗起来了，似乎很难以分辨出那些船上的人的面目。那统统是一些旧式的、灵活的小划船。约莫有二十来只吧。它们并排地停泊着，因为给我看出来了那上面的某一种特殊的标志，我便突然地警觉过来了。

老耗子放下他的手来，对我歪着头，装了一个会心的，讽刺的微笑。因为过分地厌恶的缘故，我便下死劲地对他啐了一口：

"鬼东西呀，你为什么将我带到这地方来呢？"

他只耸了一耸肩，便强着我走下第一级码头基石。并且附到我的耳边低低地说：

"傻孩子，还早啦！……人家的新娘子还没有进屋呢。"

"那么，到这里来又是找谁呢？……"

"不做声……"他命令地说，并且又拖着走下三四级基石了。

我完全看出了他的诡计。我知道，在这时候，纵使要设法子逃脱，也是不可能的、丢丑的事情了。他将我的手臂挟得牢牢的，就像预先知道了我一定要溜开的那样。天色完全昏暗下来了。黑色的大的魔口，张开着吞蚀了一切。霞光也通统幻灭了，在那混沌的、模糊的天际，却又破绽出来了三四颗透亮的、绿眼睛似的星星。

我暗自地稳定了一下自己的心思，壮着胆子，跟着他走着。码头已经只剩六七级了，老耗子却仍然没有找着他的目的，于是，他便不得不叫了起来：

"秀兰！……喂！——哪里啊？……"

每一个小船上都有头伸出来了，并且立刻响来一阵杂乱的、锐利而且亲热的回叫：

"客人！……补衣吧！"

"格里啦——客人哩！"

"我们的补得真好呢，客人！……"

我的心跳起来了，一阵不能抑制的恶心和羞赧，便开始像火一般地燃烧着我那"没有经过世故的"双颊。老耗子似乎更加变得镇静了，因为还没有听到秀兰的回答，他便继续地叫着：

"秀兰！………喂！……秀兰啦……"

"这里！……王伯伯！……"一个清脆的、细小的声音，在远远的角角上回应着。

一会儿，我们便掠过那些热烈的呼叫，摸着踏上一个摇摆得厉害的小划船了。这船上有一股新鲜的、油漆的气味。很小，很像一个莲子船儿改造的。老耗子蹲在舱口上，向那里面的一个孩子问道：

"妈妈呢，莲伢儿？"

"妈妈上去了！……"

"上哪里去了呀？"

那孩子打了一个喷嚏，没有回答。老耗子便连忙钻了进去，很熟识地刮着火柴，寻着一盏有罩子的小桐油灯燃着了。在一颗黄豆般大的、一跳一跳的火光之下，照出来了一个长发的、美丽的女孩子的面目。这孩子很小、很瘦，皮肤被湖风吹得略略带点黄褐色。但是她的脸相是端正的。她的嘴唇红得特别鲜艳，只要微微地笑一下，就有一对动人的酒靥，从她的两腮上现了出来。她的鼻子，高高的，尖尖的。她的眉毛就像用水笔描画出来的那样清秀。但是我却没有注意到：她的那一对有着长睫毛的、大大的、带着暗蓝色的眼睛，是完全看不见一切的。她斜斜地躺在那铺着线毯和白被子的、干净的舱板上，静静地倾听着我们的举动。

我马上对这孩子怀着一种同情的、惋惜的心情了。

"还有谁同来呀，王伯伯？"她带笑地，羞怯地说。

"一个叔叔！……你的妈妈到底哪里去了呢？"老耗子又问了。

"她说是找秋菊姑姑的……我不晓得……她去得蛮久了！……"

老耗子摸着胡子，想了一想，于是对我笑道：

"你不会跑掉吗，小虫子？"

"我为什么要跑呢？……"

"好的，跑的不是好角色。你在这里等一等，我去寻她来！……但是，留意！你不要偷偷地溜掉呀！……要是给别的船上拖去吃了'童子鸡'，那么，嘿嘿！……"他马上又装出了一个滑稽的、唱戏似的姿势，"山人就不管了——啊！……"

我非常肯定地回答了他，因为我看破了这条诡计也没有什么大得了不得。而且那盲目的女孩子，又是那样可爱地引动了我的好奇心，我倒巴不得他快快地走上去，好让我有机会详细盘问一下这女孩子——关于他和她们往来的关系。

晚风渐渐地吹大了。船身波动起来，就像小孩子睡摇篮那样地完全没有了把握。当老耗子上去之后，我便将那盏小桐油灯取下来放在舱板上，并且一面用背脊挡着风的来路，提防着将它拂灭了。

那女孩子打了一个翻身，将面庞仰向着我，她似乎想对我说一句什么话，但是她只将嘴巴微微地颤了一下，现了一现那两个动人的酒靥，便又羞怯地停住了。她的那朦胧的大眼睛，睁开了好几次，长睫毛闪动着就像蝴蝶的翅膀似的，可是她终于只感到一种痛苦的失望，因为她无论如何也不能够看见我。

"你的妈妈常常上岸去吗？"我开始问她了。

"嗳——这鬼婆子！"莲伢儿应着，"她就像野猫一样哩，一点良心都没得的！……嗳嗳，叔叔——你贵姓呀？"

"我姓李……你11岁吗？"

"不，12岁啦！"她用小指头对我约着。但是她约错了，她伸出的指头，不是12岁，而仍旧是11岁。

"你一个人在船上不怕吗？"

"怕呀！……我们这里常常有恶鬼！……我真怕呢，叔叔！……下面那只渡船上的贾胡子，就是一只恶鬼。他真不要脸！他常常不做声地摸到我们这里来。有一回他将我的一床被窝摸去了，唉，真不要脸！我打他，他也不做声的！……还有，洋船棚子里的烂橘子，也是一只恶鬼。他常常做鬼叫来唬我！……不过他有一支吹得蛮好听的小笛子，叔叔，你有小笛子吗？……"

"有的。"我谎骗她说，"你欢喜小笛子吗？明天我给你带一支来好了……你的妈妈平常也不带你上去玩玩吗？……"

"嗳嗳……她总是带别人上去的——没得良心的家伙！……"她抱怨地、悲哀地叹了一口气，"我有眼睛，我就真不求她带了，像烂橘子一样的，跑呀，跑呀！……嗳嗳，叔叔，小笛子我不会吹呢！"

"我告诉你好啦！"

"告诉我？……"她快活地现出了她那一对动人的酒靥，叫道，"你是一个好人是吗？叔叔……我的妈妈真不好，她什么都不告诉我的。有一回，我叫她告诉我唱一个调子，她把我打了一顿……还有，王伯伯也不好，他也不告诉我。他还叫妈妈打我，不把饭我吃！……"

"王伯伯常常来吗？"我插入她的话中问道。

"唔！……"她的小嘴巴翘起了，生气似的，"他常常来。他一来就拖妈妈上去吃酒……有时候也在船上吃！……我的妈妈真丑死了，吃了酒就要哭的——哭得伤心伤意！王伯伯总是唱，他唱得我一句都不懂！……他有时候就用拳脚打妈妈！……只有那个李伯伯顶好啦！他又不打妈妈，他又欢喜我！……"

"李伯伯是谁呀？"

"一个老倌子①，摸摸有蛮多胡子的。他也姓李，他是一个好人……还有，张伯伯也有胡子，也是一个好人……黄叔叔和陈叔叔都没得胡子。陈叔叔也喜欢我。他说话像小姑娘一样细……黄叔叔也顶喜欢打妈妈——打耳刮子！……另外还有一些人，妈说他们是兵，会杀人的！我真怕哩！……只有一个挑水的老倌子，妈可以打他，骂他！……妈妈说他没得钱——顶讨厌！嗳嗳，他买糖我吃，他会笑。他喜欢我！妈妈这样顶不好——只要钱，只吃酒。她的朋友顶少有一百个，这一个去，那一个又来……"

这孩子似乎说得非常兴奋了，很多的话，都从她的小嘴里不断地滚了出来，而且每一句都说得十分的清楚、流利。尤其是对于她的母亲过去的那些人的记忆，就比有眼睛的孩子还说得真确些。这不能不使我感到惊异。并且她的小脸上的表情，也有一种使人不能抗拒的、引诱的魔力。只要她飞一飞睫毛，现一现酒靥，就使人觉得格外地同情和可爱了。

我问她的眼睛是什么时候瞎的，她久久没有回答。一提到眼睛，这孩子的小脸上就苦痛起来了。并且立刻沉人到一种深思的境地。像在回想着她那完全记不清丁的，怎样瞎眼睛的经过似的。半天了，她才愤愤地叹了口气说：

"都是妈妈不好！……生出来三个月，就把我弄瞎啦！清光瞎呢……我叫她拿把小刀割我一只耳朵去，换只看得见的眼睛给我，她就不肯。她顶怕痛，这鬼婆子！……我跟她说——嗳嗳，借一只眼睛我看一天世界吧！……她就打我——世界没有什么好看的，统统是恶鬼！……"

一说到恶鬼，她的脸色，就又更加气愤起来。

"她骗我，叔叔……像贾胡子和烂橘子那样的恶鬼，我真不怕哩！"

湖上的风势越吹越大了。浪涛气势汹汹地、大声地号吼着，将小船抛击

---

① 老倌子：即湘语老头子。——原注。

得就像打斗斗似的，几乎欲覆灭了。我的背脊原向着外面的，这时候便渐渐地感到了衣裳的单薄，而大大地打起寒战来。我只能把小灯移一移，把身子也缩进到中舱里面去。我和这孩子相距只有一尺多远了。正当我要用一种别样的言词去对她安慰和比喻世界是怎样一个东西的时候，突然地从对面、从那码头的角角上，响来了老耗子的那被逆风吹得发抖了的怪叫声：

"你跑了吗，小虫子？……"

"我的妈妈回来了。"莲伢儿急忙地向我告诉道。

船身又经过一下剧烈的、不依浪涛的规则的颠簸之后，老耗子便拉着一个女的钻进来了。这是一个三十岁左右的、长面孔的妇人。她的相貌大致和莲伢儿差不多，却没有秀气。也是小嘴巴，但是黑黑的，水汪汪的，妖冶的眼睛。皮肤比莲伢儿的还要黑一点，眉毛也显得粗一点，并且一只左耳朵是缺了的。老耗子首先打了一个大大的哈哈，然后便颇为得意地摸着胡子，向我介绍道：这就是他的情妇——莲伢儿的母亲——秀兰……并且说：他们老早就预备了，欲将一个生得很好看的、名字叫做秋菊的小姑娘介绍给我。但是他们今天去找了一天，都没有找到——那孩子大概是到哪一个荒洲上去割芦苇去了……老耗子尽量地把这事情说得非常正经、神秘，而且富有引诱力。甚至于说的时候，他自己笑都不笑一下……到末了，还由他的情妇用手势补充道：

"喽喽喽，叔叔！这伢儿这样高，这样长的辫子，这样大的眼睛……"

她将自己的眼睛妖媚地笑着，并且接着唱起一个最下流的、秽亵的小调来。

我的面孔，一直红到耳根了。我虽然事先也曾料到并且防到了他们这一着，但是毕竟还是"没有经过世故"的缘故，使他们终于开成一个大大的玩笑了。（幸喜那个叫做秋菊的女孩子还没有给他们找到。）这时候，老耗子突然地撕破了他那正经的面具，笑得打起滚来。那女人也笑了，并且一面笑，一面伏到老耗子的身上，尽量地做出了淫猥的举动。

我完全受不住了，假如是在岸上，我相信我一定要和老耗子打起来的。但是目前我不得不忍耐。我只用鼻子哼了一口气，拼命地越过他们的身子，钻到船头上了。

他们仍旧在笑着，当我再顺着风势跳到黑暗的码头上的时候，那声音还可以清晰地听得出来。只有那盲目的女孩子没有忘记她应该和我告别，就从舱口上抛出了一句遥遥的、亲热的呼叫：

"叔叔！李……叔……叔……明天……来啊！……小……笛……子呀！……"

我下意识地在大风中站了一下，本想回应那孩子一句的，但是一想到那一对家伙的可恶和又必须得避免那左右排列着的，同样的小船的麻烦的时候，我便拔步向黑暗中飞逃了。

一连四天，我没有和老耗子说一句话。虽然他总是那样狡猾地、抱歉似的向我微笑着，我却老板着面孔不理他。同事们也大都听到了这么一桩事，便一齐向我取笑着，打趣着。这，尤其是那些平日也上过老耗子的大当的人，他们好像又找到了一个新的、变相的报复的机会，而笑得特别起劲了。

"好啦！我以为只有我们上当呢！……"

可是，我却毫不在意他们这样的嘲弄，我的心里，只是老放不下那个可怜的盲目的女孩子。

直到第五天——星期日——的上午，老耗子手里拿着一封信，又老着面皮来找我了。他说他的母亲病得很厉害，快要死了，要他赶快寄点钱去，准备后事，但是他自己的薪金早就支光了，不能够再多支，想向我借一点钱，凑凑数。

一年多的同事，我才第一次看到老耗子的忧郁的面相。他的小胡子低垂了，眉头皱起了，那颗大的红痣也不放亮了，宽阔的鼻子马上涨得通红了起来！……

我一个钱也没有借给他。原因倒不是想对他报复，而是真的没有钱，也不满意他平时的那种太放荡的举动。他走了，气愤愤地又去找另外一个有钱的同事。我料到他今天是一定没有闲心再去玩耍了的，于是我便突然地记起了那个盲目的女孩子，想趁这机会溜到湖上去看看。

吃过午饭了，我买了一支口上有木塞的、容易吹得叫的小笛子，一个小铜鼓，一包花生，糖果，和几个淮橘。并且急急地、贼一般地——因为怕老耗子和其他的同事看见——溜到了湖上。

事实证明我的预料没错——老耗子今天一天没有来。莲伢儿的妈妈吃过早饭就上岸去寻他去了。

我将小笛子和糖果统统摆在舱板上，一样一样地拿着送到这孩子的小手中。她是怎样地狂喜啊！当她抓住小笛子的时候，我可以分明地看见，她的小脸几乎喜到了吃惊和发痴的状态。她的嘴唇抿笑着，并且立刻现出了那一对大大的、动人的酒靥来。她不知所措地将面庞仰向着我，暗蓝色的无光的眼睛痛苦地睁动着"叔叔呀！这小笛子是你刚刚买来的吗？……嗳嗳，我不晓得怎样吹哪！……哎呀——"当她的另一只手摸着了我递给她的橘子和糖果的时候，她不觉失声地叫道：

"这是么子呢？叔叔——嗳嗳，橘子呀……啊呀，还有——这不是花生吗？有壳壳的，这鬼家伙！……还有——就是管子糖呀！……嗳嗳，又是菱角糖！……叔叔，你家里开糖铺子吗？你有钱吗？……我妈妈说，糖铺子里的糖顶多啦，嗳嗳，糖铺子里也有小笛子买吗？……"

她畏缩地、羞怯地将小笛子送到了嘴边，但是不成，她拿倒了。当我好好地、细心地给她纠正的时候，她突然地飞红了脸，并且小心地，害怕似的只用小气吹了一口：

"述——述——述！……"

我蹲着剥橘子给她吃，并且教给她用手指按动着每一个笛上的小孔，这孩子是很聪明的，很快就学会了两三个字音，并且高兴到连橘子都不愿吃了。

我回头望望湖面，太阳已经无力地、懒洋洋地偏向西方去了。因为没有风，远帆就像无数块参差的墓碑似的，一动不动地在湖上竖立着。蓼花洲湖芦苇，一小半已经被割得像老年的癫痫头一样了。我望着，活泼的心灵，仿佛又欲生翅膀了似的几乎把握不住了。

莲伢儿将笛子吹得像鸡雏似的叫着，呜溜呜溜地，发出一种单调的、细小的声音。她尽量地将小嘴颤动着，用手指按着我教给她的那一些洞孔，但是终于因了不成调子的缘故，而不得不对我失望地叹息了起来：

"叔叔，我吹得真不好呢！……嗳嗳。只有烂橘子吹得顶好啦！他吹起来就像画眉一样叫得好听……叔叔，你听见过画眉叫么？秋菊姑姑拿来过一个画眉，真好听呀！她摸都不肯给我摸一摸……叔叔，画眉是像猫一样的吗？……"

我对她解释道，画眉是一种鸟，并不像猫，而是像小鸡一样的一种飞禽，不过它比小鸡好看一点，毛羽光光的黄黄的，有的还带一点其他的彩色……

一说到彩色，这孩子马上就感到茫然起来。

"叔叔，彩色是么子东西呢？"

"是一种混合的颜色——譬如红的，黄的，蓝的，绿的——是蛮好看的家伙！……"

想想，她叹了一口气说：

"我一样都看不见呀，叔叔！……我的妈只晓得骗我！她说世界上什么好家伙都没得，只有恶鬼，只有黑漆！……"

我又闭着眼睛对她解释着：世界上并不只是恶鬼，只是黑漆，也有好人和光明的。这不过是她的妈妈的看法不同罢了，因为人是可以把世界看成各种各样的……

"叔叔，你说么子呀？……"她忽然地、茫然地叫道，"你是说你要睡了吧？听呀，我的妈妈回来了！……她在哭哩！一定又是喝醉了酒，给王伯伯打了的，这鬼婆子！……你听呀，叔叔……"

"那么，我走吧！"我慌忙地说。

"为么子呢？"

"我不喜欢你的妈妈……我怕她又和那天一样地笑我。"

"不会的，叔叔！等一等……"她用小手拖住我的衣服。

"她喝醉了酒，什么人都不认得的，她不会到中舱里来……"

我依着这孩子的话，在艄后蹲着。一会儿，那一个头发蓬松，面孔醉得通红的，带着伤痕和眼泪的莲伢儿的妈妈，便走上船来了。船身只略略地侧了一下，她便横身倒在船头上，并且开始放声地号哭了起来。

莲伢儿向我摇了一摇手，仿佛是叫我不要做声，只要听。

"……我的男人呀！你丢得我好苦啊！……你当兵一去十多年——你连信都没得一个哪！……我衣——衣没得穿哪！我饭——饭没得吃哪！……我今朝接张家——明朝接李家哪！……我没有遇到一个好人哪！……天杀的老耗子没得良心哪！——不把钱给我还打我哪……"

莲伢儿爬到后面来了，她轻声地向我说：

"叔叔，瓜瓢！"

我寻出了一个破瓜瓢来，交给她递过去了。我望着她妈妈停了哭声，狂似的舀了两瓢湖水喝着，并且立刻像倾倒食物似的呕吐起来。我闻着了那被微风拂过来的酒腥气味，我觉得很难受得住，而且也不应该再留在这儿了。我一站起身来，便刚好和那女人打了一个正正的照面。

她的眼睛突然地、吃惊地瞪大着，泛着燃烧得血红的火焰，牢牢地对着我。就仿佛一下子记起来了我过去跟她有着很深的仇恨似的，而开始大声地咒骂着：

"你这恶鬼！你不是黄和祥吗？……你来呀——老娘不怕你！你打好了！……老娘是洞庭里的麻雀——见过几个风浪的……老娘不怕你这鬼崽子！……哈哈！你来呀！……"

她趁势向中舱里一钻，就像要和我来拼命似的，我可完全给唬住了！但是，莲伢儿却摸着抱住了她的腿子，并且向她怒骂着：

"你错了呀！鬼婆子！这是李叔叔呀！——那天同王伯伯来的李叔叔呀！……人都不认得哩，鬼婆子！……"

"啊！李叔叔！"她迟疑了一回，就像梦一般地说道，"我晓得了！……我晓得了！……他不是黄和祥，他是一个好人！……是了，他喜欢我，他是来和我交朋友的！……小鬼崽，你不要拖住我呀！……来，让我拿篙子，我们把船撑到蓼花洲去！……"

我的身子像打摆子似的颤着！我趁着莲伢儿抱住了她的腿子，便用全力冲过中舱，跳到了码头上。

当我拼命地抛落了那个醉女人的错乱的、疯狂似的哈哈，一口气跑到局子里的时候，那老耗子也正在那里醉得发疯了。他一面唱着《四郎探母》，一面用手脚舞蹈着，带着一种嘶哑的、像老牛叫似的声音：

"眼睁睁！……高堂母……难得……见……啊啊啊啊！……儿的老娘啊！

我尽力地屏住了呼吸，从老耗子的侧边溜过去了。为了这一天的过分的无聊、悔懊和厌恶，我便连晚饭都不愿吃地，横身倒在床上，暗暗地对自己咒骂了起来。

1936 年 10 月 2 日

（选自《山村一夜》，1937 年 4 月，上海良友图书印刷公司）

星

第一章

一

丈夫整整地又有三天不曾回家了。梅春姐一大清早就爬了起来，悲哀地、快快地，在自己的卧房里靠着窗口站了一会，用一种怀着恨意的嫉妒的视线，牢牢地凝注着那初升太阳幸福的红光。在秋收后的荒原上，已经有早起勤奋的农人，在那里用干草叉叉稻草了。野狗奔驰着，在经过的草丛里，挥洒着泪一般的露珠。

梅春姐用很大的时候抑制住了自己的哀怨，她无心烧早饭；轻轻地伸手在床上搜寻了自己和丈夫的几件换下的衣裳，提着桶穿过中堂，蹒跚地向湖滨走去。

朝露扫湿了她的鞋袜和裤边，太阳从她的背面升上来，映出她那同柳枝一般苗条与柔韧的阴影，长长的，使她显得更加清瘦。她的被太阳晒得微黑的两颊上，还透露着一种少妇特有的红晕；弯弯的、细长的眉毛底下，闪动着一双含情的、扁桃形的、水溜溜的眼睛。

路上的农人们都指手画脚起来了。他们用各种各色的贪婪的视线和粗俗的调情话去包围、袭击那个年轻的妇人。他们有时还故意停止着工作，互相高声有心使她听得出来地、谈论着她们夫妇间的事情：

"说吧，老黄瓜，为什么陈灯笼夜夜叫她守空房呢？……"

"谁知道呢？……'家花没有野花香'啰，也许……"

"不，有人说，她是在娘家养过什么汉子来的！所以，陈灯笼才不爱她，折磨她……"

"啊！原——来！……那就难怪陈癫子啰！"

梅春姐尽管佯装没有听见，可是那些无耻的污浊的话，却总像箭簇似的向她射来，甚至于射到她的心里。她着力地稳定了一下自家的脚步，飞快地冲出那恶浊的旋涡，咬着牙，喘着息，一口气跑到那湖岸的石头跟前蹲下了。

湖水，碧绿的、清澈的漂流着，起着细细的涟波。在湖岸的石头的两边，已经有好几个同村的妇人在那里洗衣了。梅春姐一面和她们招呼着，一面尽量地想把那颗跳动的心儿慢慢地平下来，把那些恶毒的、刺心的秽话扔开去。她扯起衣角，揩了一揩额角上的因为奔跑出来细细的汗珠，便弯腰洗她的衣服了。

水声和槌衣木的声音在湖中激荡着。不甘沉默的旁的妇人们，就趁着这一个机会大家无所顾忌地攀谈起来。她们谈着家里日用的柴米油盐，她们谈着漂亮、新鲜、时髦的布料，她们谈论着公婆，谈着孩子，谈着自家的男人和别人家的暧昧的私事……

梅春姐夹在她们中间装得非常快活。有时候，她还故意地跟着旁人大笑几声。她想教人家看不出来她那种被丈夫侵蚀的内心的痛苦。可是那谈锋却像有意要使她为难似的，不知怎么一下子又转到她的丈夫身上来了。

"他已经几天没有回来了呢？"发问的是一个麻面的中年妇人，十五年来她已经生了十个儿女了。她带着笑脸时，麻子就一粒一粒地牵动着。

"三，三天……"梅春姐轻轻回道。

"你想不想他呢？夜……"

"当然喽！"一个面孔涂得像燕山花的、有名的荡妇柳大娘，截断了麻子的话，"她为什么不想呢？这样漂亮、年轻！……"

梅春姐觉得那淤积的心血，是怎样地热烘烘地涌上了她的面庞。她渐渐地把头低下来了。一面使力地搓着水浸的衣服，一面偷偷地瞟视着左右的妇人们。当她看见了妇人们——尤其是柳大娘的那牢牢的视线——都在凝注她，而又感到自己的脸太红了的时候，她就故意地把衣服往水中沉重地按着，几乎按得连人带桶都滚到湖中了。

"为什么呢？你们……"一个老年一点的，一面伸手抓着梅春姐，一面向大家责骂着，"不要再说这些事情了吧。你们都不是好东西！……"

"好东西！……年纪轻轻，男人做得初一，我就做得初二。"那柳大娘愤愤地、带着一种真正的同情心，叫道，"'哪个罗裙不扫地。哪个扫帚不沾灰！'嗳，黄瓜妈，莫说梅春姐还这样漂亮！……"

"啐！阎王会勾你的簿的！不要脸的，下流的家伙！你总以为人家都像你这骚货！……"

大家又都哄笑起来。

梅春姐可不能再佯装快活了，她用了一种很大的、自制的力量，勉强地洗完这一桶衣服，才站起身来。然后又像逃难似的，拼命地穿过那些男人们的下贱的视线和嘲笑，跑到了自己的家中。

二

丈夫陈德隆——因为生癞子，人家就叫了他陈灯笼。对于梅春姐是太不知道怜爱的。他好像没有把年轻的妻当做人看待，他认为那不过是一个替他管理家务、陪伴泄欲的器具而已。自从去年的一个风雪满天的、忧愁的日子，用一顶红轿、吹鼓手和媒人，把梅春姐从娘家娶回来以后，他就没有对她装过一回笑脸。他骂她，他折磨她，并且还常常凶恶地、无情地、在夜深人静的时候殴打她。他像很有计划似的打她的胸，打她的腹，打她的腿……他打着还不许她叫，不许给人家在外面看出她的伤痕来。

丈夫没有弟兄妹妹，只有一个老年的盲目的公公。在去年，那公公还能在听到梅春姐被丈夫打得辗转呻吟的时候，摸到房门口来用拐杖抛掷陈德隆，骂他是个无福消受贤德妇人的恶鬼！今年，不幸的是公公归天了，**陈德隆就**更加无所顾忌地欺压他的妻。他趁这时候学会了打牌，学会了喝酒，学会了和一切浮荡的、守空房的妇人勾勾搭搭。他常常一出去，就三五天不回来。

梅春姐对于丈夫是不能说不贤德的，她自始至终没有向人家说过丈夫半点错过。她忍受着，她用她自己的眼泪和遍体的伤痕来博得全村老迈人们的赞扬。当她听到了那雪白胡子的四公公和烂眼睛的李六伯伯敲着旱烟管儿，背地里赞扬她——"好一个贤德的妇人啊！……""好一朵鲜花插在牛粪上啊！""癫子陈灯笼的福气好啊！……"的时候，她就觉得那浑身的伤处，都像给一种无形的、慈祥的、勉慰的手掌抚摸过似的，痛苦全消了。她可以骄傲——尤其是对于那些浮荡的、不守家规的妇人骄傲。

但是，一到夜间，当她孤零零地，躺在黑暗的、冷清清的被窝中反复难安的时候，她的灵魂便空虚与落寞得像那窗外秋收过后的荒原一般。哀愁着不是，不哀愁着也不是。她常因此而终宵不能成梦。她对着这无涯的黑暗的长夜深深地悲叹起来……有时候，她也会为着一种难解的理由的驱使从床上爬起来，推开窗子，去仰望那高处，那不可及的云片和闪烁着星光的夜天；去倾听那旷野的，浮荡儿的调情的歌曲，和向人悲诉的虫声……

她忍耐着，一切都忍耐着——当她在夜间又想起白天里那些老人们可宝贵的、光荣的赞扬时。

三

亡命地从湖滨跑回来，放好桶，晒好衣裳，走进到卧房的时候，梅春姐已经身疲力软了。她无心烧饭，无心饮牛，无心饲偎鸡和鸭……懒洋洋地躺在木床上，去推想她那命运中的各种不幸的根源。田野中的男人们的秽语和湖上的妇人们的嘲讽，就像一个多角的、有毛的东西似的，只在她的心中翻滚。她想起了母亲临终的前夜，和父亲死时所对她叮嘱的那些话来："在家从父，出嫁要从夫。如果丈夫有什么不正当的行为的时候，只能低声地、温语地、夜间在枕头上去劝慰他……"她觉得她对丈夫是太少劝慰了；她应当好好预备一些温软的话，在夜间，在枕头上，去劝慰她的丈夫才行。这样，她便深深地叹了一叹，把心思勉力地镇静了一回，就又慢慢地开始她那日常的、好像永久也做不完的、家中的琐细事物。

在夜间，丈夫陈德隆回来了。他喝得醉醺醺的。在一线微弱得可怜的灯光底下，可以看到他那因长癞子而脱落了发根的光头上，有几根被酒力所激发着的青筋在凸动。他的面孔通红的，在刷子般的粗黑的眉毛下，睁大着一双带着血丝的、发光的、螃蟹形的眼睛。

他一声不响，歪歪倒倒地走到了床边，向梅春姐做成一个要冷茶的手势，就横身倒了下来。

夜——是很长的。当他喝冷茶喝足了的时候，当梅春姐正要用温软的言词去劝慰他的时候，当村上的赌徒们正待邀人去赌钱的时候，丈夫陈德隆的酒醒来了。他突然地，像一根发条似的从床上弹了起来，伸手到小柜中摸出他那仅有的几块放光的洋钱和铜板，一匹熊似的冲到村中去！……

梅春姐拖着他的手，哭着，叫着：

"德～隆～哥！你，你不在家，人……家……要……欺侮我的！……"

"谁呀？"他停了一停脚步，"放心吧！没有人敢在老子头上动土的！……"就扔下梅春姐的手来，跑开了。

夜——是很长的。

梅春姐张望着丈夫的阴影，在无涯的黑暗中消逝着；回头又看着那像在打呵欠似的洞黑的床铺，她的心儿不能抑制地战栗了好久。被子里还遗留着丈夫的酒气，可是——没有了丈夫。小柜中还遗留着洋钱和铜板和空位置，可是——没有了洋钱和铜板。她想哭，可是——她连哭都哭不出来了。

她又慢慢地走近了窗口前，她在那里站立了好久好久。她想不出一个能够使丈夫回心的办法。叹气，流眼泪，一点也不能打动丈夫的那颗懵懂的心。她渐渐地，差不多要沉入到一种绝望的，无可奈何的悲哀中了。

站着……叹着……之后，她就推开窗子伸出了头来，想看一看她那从小就欢喜看的夜的天空，想借着星星和月明来解一解心中的愁闷。可是，忽然地，像有一个什么暗号似的，那埋伏在她左右，专门为勾引她而来的，浮荡儿的粗俗的情歌，立时间便四面飘扬起来了。

最初是一个沙声的唱道：

十七八岁的娇姐呀～没人瞅啦～

跪到情哥哥面前～磕响头！……

梅春姐向窗前唾了一口，把头缩了回来。她觉得这些人都是些卑污、下贱的、太可笑的家伙。也不想想他自家是什么东西！……但悲痛是无情的，她睡不着。她把耳朵轻轻地贴在窗口边，无聊地又想听下去——她是想赶去那快要把她全身都毁灭掉的悲哀：

哥说："我的姐姐呀！……

不怕你膝头骨跪得——浮浮肿，

额头叩得～没有皮……

你呀！～要想情哥……万不依！……"

接着，又有一个人装着女人的声音唱起来了。这声音，梅春姐一听就知道是那一个身上脏得发霉，还常常佩着一个草香荷包的、小眼睛的独身汉老黄瓜唱的。喉咙尖起来就像那饿伤的猫头鹰一般地叫着：

姐说："我的哥呀！……

你要黄金白银～姐屋里有……

要花花绿绿的荷包子——慢慢送得来……

你铁打的心儿呀～想转来！……"

沙声的又唱道：

哥说："我的姐呀！……

不怕你黄金白银～堆齐我的颈……

花花绿绿的荷包子——佩满我的身……

父母的遗体呀～值千金！……"

梅春姐越听越觉得下流了；她离开了小窗，准备钻进那洞黑的床上。可是那歌声的尾子，却还是清清楚楚地可以听得出来。尖声的在后面接着：

姐说："我的哥呀！……

我好比深水坝里扳罾～起不得水啦！……

我好比朽木子搭桥～无人走啦！……

只要你情哥哥在我桥上过一路身，

你还在何嗨①修福积阴功！……"

沙声的没有再唱了。一阵一阵的嘻笑涌进了梅春姐的小窗，她用被头把耳朵扪得绷紧，她暗暗地又使力地唾了两回。她想："你们能算什么东西呢？癞虾蟆……"

然而，痛苦、悲哀、空虚、孤独……却又是真的。梅春姐她只能够尽量地抑制她自己，她总还满望着丈夫有回心转意的一日。然而这一日要到什么时候才来呢？梅春姐她不能知道。因此，她的痛苦、悲哀、空虚、孤独……也就不晓得要到什么时候才能够解除。

第二章

一

第三年——是梅春姐和丈夫结婚的第三年——的九月，不知道为了什么事情，从南国，从那遥远的天际里，忽然飞来了一把长长的、锐利的剪刀，把全城市和全乡村的妇女们的头发，统统剪下来了。

这真是一件稀奇的，突如其来的事情！……

当这把长长的、锐利的剪刀，来到这村庄里，第一个落到黄瓜妈的头上

---

① 何嗨：即哪里的意思。

的时候，她就浑身发起抖来。她要求道："好心眼的姑娘们啊！……可怜我吧！我要没有了头发，阎王不会收我的，我要到地狱中去受罪的！……"但，谁听她的呢，一下子就像剪乱麻似的把它剪下来了。当这把剪刀第二个落到麻子婶的头上的时候，她就叫着，嚷着："剪不得啦！看相的先生说过了的：我的晚景全靠这头发，我要没有头发，我的一家人都要饿死啦！……"但，谁听她的呢，那巴巴头①就像一只乌龟壳似的，随着剪刀落下来了。当这把剪刀第三个快要落到那欢喜擦脸红的柳大娘的头上的时候，她早就藏躲起来了，等到寻了她从黑角落里拖出去，她便一面流泪，一面哀求地："少，少剪一点儿吧！……没有了头发，我，我要丑死的啦！……"但，谁听她的呢，姑娘们的剪刀是无情的，差不多连根儿都剪下来了。当这无情的、长长的、锐利的剪刀，第四个落到梅春姐的头上来的时候，她就很泰然地、毫不犹疑地挺身迎了上来，她对着拿剪刀的姑娘们说：

"剪掉它吧，剪吧！反正我有这东西和没有这东西是一样的。我是永远也看不见太阳的人！我要它有什么用呢？……"

一切妇女们的头发都剪下来了，一切妇女们都伤心地痛哭着：黄瓜妈哭着，她怕阎王不肯收她！麻子婶哭着，她怕年老时要饿饭！柳大娘哭着，她怕她的情人不爱她！抛弃她！……

一切老头子们都夹七夹八地跟在中间摇头，叹气：

"不得了的！不得了的！……盘古开天以来女人就应该有头发的。没有了头发女人要变的，世界要变的！……"

只有梅春姐，她似乎与别的人不同。她没有把头发看到那般重要。因为，她的心已经快要给丈夫折磨死了，她已经永远望不到丈夫的回心转意的那一天了。她想："变啊！你这鬼世界啊，你就快些变吧！反正我是一个没有用了的人，我的日子一半已经埋到土中去了！……"

---

① 巴巴头：湖南话。即女人梳发髻的头。

二

真鬼气，真是稀奇的事情！……世界就是这么真正地、糊里糊涂地变起来了。从那一天——那剪掉头发的一天起，村子里就开始变得不太平不安静起来。不知道从什么地方跑来一些人（本村子里的也有），穿长衣的，穿短衣的，不分晴雨，不分日夜地在村子里穿来穿去。手里拿着各种各色的花样的东西，口里说着一些使人听不懂的新鲜的话。

真鬼气，真是稀奇的事情！

丈夫陈德隆也开始变起来了。他变得比从前更加粗暴，更加凶狠了。他从楼板上摸出了一把发锈的丈把长的梭镖来，他把它磨得光光的。他说：他要去入一个什么会去，而那个会是可以使他发财的；将来可以不做事情有饭吃，有钱用，并且还可以打牌，赌钱。

梅春姐始终不明白这是怎样一回事情。当她看见丈夫把那把发锈的梭镖磨得放光了的时候，她的心里就不知不觉地害怕起来：她怕他要用那梭镖将她刺死！并且他的那两条带着红光的视线，还不时地、像一支火箭似的直射着她，好像要将她吸到那螃蟹形的眼睛里去，射死她、烧死她似的。梅春姐不禁的发起抖来了。

"不要到外边去的！知道吗？"丈夫把那梭镖靠在怀抱里，用手卷着袖子，"我要到会中去了！……不，也许还要到旁的地方去。夜晚，你早些关门，这两天外边的风气不很好！……"

梅春姐用了一种顺从的、恐惧的、而又包含着憎恨的眼光回答了他。

她当真除了饮牛、饲鸡和上二菜园以外，整整地三天没有出头门一步。

可是，到了第四天早晨，不知道还是因了丈夫的久不回来呢？还是因了自己的哀愁抑制不住呢？还是因了秋晴的困倦呢？还是因了另一种环境的或者是好奇的原因的驱使呢？……使她下了决心地要跑到外边走一回。她从板壁上取下一把草叉来，用毛巾将剪发的头包了一下，顺便到自己的草场中去叉两捆稻草来做引火柴。

荒原，仍旧是去年的、前年的荒原；村子，仍旧是去年的、前年的村子；

不过是多了一些往来的、不认识的人，不过是多了一些飘扬的、花花绿绿的旗帜。

在那原先的、住关帝爷爷的大庙里，还多了一座新开办的、读洋书的学堂。

梅春姐缓步地穿过一条狭小的田塍。在她的眼睛里，放射着一种新奇的、怀疑的视线。她像一头出洞来找寻食物的耗子似的，东张西望地把这变后的村庄看了好久好久，才又蹒跚地走向自己的草场去。

稻草像两座小屋子似的堆在那里。在那比较小的一座的旁边，有一个穿长衣的和一个穿短衣的人在谈话。梅春姐没有注意他们。她只举起草叉来叉了两捆，准备拖回家中去。

"德隆嫂！"

"谁呀？"

她回头去：一个年轻的、面孔像用木头刻出来的人望着她，他是麻子婶的大儿子木头壳。

"德隆哥昨晚回家吗？"

"没有回来！"梅春姐轻声地应着，一面看了一看那别的一个，用背面向着她的年轻人。

"唔！前晚还在会里和人家吵了架的，这家伙！……"木头壳沉吟了一声，"一定是到哪里去打牌了，一定的！……"

梅春姐把稻草都堆成一起，弯腰扎了一扎……那一个穿长衣的年轻客便向木头壳问了起来：

"哪一个德隆哥啦？……"

"就是啦！……就是前晚那一个和你们吵架的，那一个癞子啦！"木头壳向梅春姐微微地钉了一钉，"哝，这一位便是他的癞嫂子，叫梅春姐的！……"

梅春姐的脸羞得通红的。她的心里深深地恼恨着木头壳；她抬起头来，想拖着草叉就走！

不自觉地、那个穿长衣的年轻角色，正在打量她的周身。她和他之间的视线，无心地、骤然地接触了一下！

那一个的白白的、微红的、丰润的面庞上，闪动着一双长着长长睫毛的、星一般的眼睛！……

梅春姐老大地吃了一惊，使劲地拖着稻草和稻叉，向家中飞跑！

三

陈德隆因为和会中的主脑人吵了架，一连三天都躺在情妇的家里不出来。第四天的中饭时，他足足喝了三斤半酒，听说会中又到了一个新从县里下来的人，又有一桩事情瞒他了，他才跑出去。

米酒把他的心火燃烧得炽腾起来。他走一步歪一下地向会中奔驰着。他的脑子里装满了那红鼻子会长的敌意的笑容，和那副会长的骇人的、星一般的眼睛。他有心要和他们抬杠。他觉得他们这些人都很瞧不起他，事事都瞒他，而不将他当成自家亲人一般地看待。尤其是副会长的那特别为他们而装成的一副冰凉的面孔，深深地激怒了他那倔强、凶猛的、牛性的内心！

在经过自己的家门时，他停了一下，吩咐了老婆晚饭时多做一些米。他是打算去和会中人吵一阵就回来的。不是要寻他们的差处，而是发泄自家的心中的愤火！

有十来个人挤在会场中。当长工出身的红鼻子的老会长，正用一根小竹鞭向人们挥扬着，说着一些听不分明的、时髦的口语。副会长和另一个陌生的、蓄短胡须的人，在写着一张什么东西的字单。

陈德隆冲到他们的面前了。他故意摆摇他的身子，像一头淘气的、发了疯的蛮牛似的撞到人丛中去！环睁的螃蟹形的眼睛，先向旁人打望了，就开始大声、无礼的喧闹起来：

"会长！什么事情啦，丢开我？"

老会长微微地皱下眉头不理他，手中的竹鞭子更加有力地挥扬着。他好像并不曾听见陈德隆的声音似的，又接连地说下去了：

"……总之，总会花钱，费力……都是为的我们种田人自己；我们去当两个月兵，就应该尽些心思，尽些力！……"

陈德隆气起来。他蹒跚地冲过去，夺着老会长的竹鞭，他几乎要打着他的鼻梁了。

"是装聋吗？聋子吗？……你不曾听见我的声音？……"

老会长的鼻子火一般地燃烧起来！他战声地、咬着牙关地啐他一口：

"你这瘟神！你，你……又来瞎缠么？……"

"怎么是瞎缠呢？我来寻着你们，就因为你们的心不公平，你们什么事情都瞒着我了！……"

"瞒你？"老会长浑身战着，他使力地抽出来他的小竹鞭子，挡着陈德隆的胸襟，"你能做什么东西吗？今天这里招兵，你能当兵吗？你能离开野婆娘吗？……"

"能！"陈德隆顽强地叫着。"只要你们都不瞒我，我是什么都能做的！……"

"打人、喝酒、摸骨牌……什么都能做的！"副会长冷声地笑着。他的那一双大的唬人的眼睛，就像魔渊似的吸住了陈德隆的全身。

陈德隆跳起来了！他奔到副会长的跟前，拳头高高地抬着，他就像一下子要击坏他的对方的头颅似的。他的声音带着沙了：

"我要挖出你那双漂亮的眼睛来的，你瞧不起老子！不打人、不喝酒、不摸牌！都能行吗？行吗？——"

人们使力地解开他们。那另一个陌生的、蓄短胡须的人匆匆地跑来拉着陈德隆的手，向他温和地说：

"朋友，你不要生气啦！行的！……你要愿意，明天就同我们到总会中当兵去！只要你能不喝酒，不摸牌，那都行的啦！……"

陈德隆的怒火愈加上升起来！他瞅瞅这陌生的人一眼。他并没有问明白去当什么兵，就茫然地答应着。顽强、好胜、拥着他那一颗虚荣的、粗暴的内心！他很有一股蛮牛的性子，他很可以给你犁地、耕田，而你不能将他鞭挞，尤其是不能违拗他的个性而欺侮他！……

当他的名字被写上那张白白的纸单的时候，他还狠狠地骄矜了一下。他钉着那些有意瞧不起他的人们，他的眼睛更加圆睁着，那就像已经报复了一桩不可解脱的深仇似的。他的心里想："你们，妈妈的！嘿嘿！瞧瞧老子吧！……你们能算什么东西呢？……"

四

太阳走了，黑夜像巨魔似的，张口吞蚀着那莽苍苍的黄昏。在小窗的外边，有无数种失意的秋虫的悲哀的呜咽。

梅春姐坐在一张小桌子旁边，失神地凝注着那些冰凉了的菜和饭。一盏小洋油灯在她的面前轻盈地摇晃着。她并不一定是等丈夫回来，也不觉得自家的饥饿。在她的脑际里，却盘桓着一种从来不曾有过的、摇摇不定的想头。这想头，就像目前的那盏小洋油灯般地摇摇不定。不是哀愁，也不是欢喜……

她懒洋洋地站起来，估量丈夫不会再回来了，便把小桌上不曾吃过的菜和饭收拾着，用一块破布头揩了一揩。

一切都和平常一样的：是夜，一个漫漫的、深长的夜！一个孤零零的、好像永远也得不到光明的、少妇的凄凉的夜！……

窗外的虫声更加呜咽得悲哀了，它们是有意唤起人们去给它们一把同情的眼泪的。

梅春姐又慢慢地靠近着小窗，荒原迎给她一阵冰凉般的寒气！那摇摇不定的、错乱的想头，使她无聊地向四围打望了一下：一切都和平常一样的。只不过是那班浮荡儿没有闲工夫再来唱情歌了，只不过是在大庙那边多了些花色的灯光的闪烁！

她微微地把头仰向上方：一块碧蓝色的夜天把清静的、渺茫的世界包罗了。一个弯腰形的、破铜钱般的月亮在云围中爬动着；在它的四面，环绕着一些不可数出的、翡翠也似的星光。

北斗星拖着一条长长的尾巴，那两颗最大的上面长着一些睫毛。一个微红的、丰润的、带笑的面容，在那上方浮动！……

梅春姐深深地吃了一惊——像白天在草场般地吃了一惊！她觉得一阵迅速的、频频的、可以听得出来的心脏的跳动！她把头儿慢慢地低下来！……

在后方，突然地，一个沉重的、有力的破门声音，又将她惊震了！……

丈夫陈德隆的一双螃蟹形的眼睛现了出来。他的面孔微微地带点怒容，刚强而抑郁！他似乎并不曾喝酒，态度也比较平常缓和了些。

"你还不曾睡啦！"他轻轻地拍了一下梅春姐的肩头，锁着眉毛地说，"明天我要上街了！"

梅春姐痴呆了好一会工夫。好像有一件什么秘密的私情给丈夫窥破了似的，她的全身轻轻地战着！……一直等她发现了丈夫并没有注意她，而且反比平常和善了些时，才又迟迟地回复道：

"我……是等你啦！……上街？做什么东西呢？……"

"不做什么东西！……去当兵，赌气！……要两个多月才回来！……"

丈夫是真正地没有注意她。他伸手从床上摊开来一张薄薄的被子，他连连地说：他是今天又和会里的人吵了的，所以才赌气地同总会中人当兵去。吃苦，他也得去拼拼来的！……他叫梅春姐早些陪他睡了，明天好同他收拾一些随便的行囊，就同他们当兵去。

梅春姐是等他睡过之后，又站了好久好久，才吹灯上床的。她好像并不曾听见丈夫的话，她是深深地憎恨了这无情的、冷酷的、粗野的丈夫。当夜深时，她本分地给他蹂躏了她的身子之后，她的心里会忽然生出了一种从来不曾有过的、稀奇的反响来："为什么呢？我要这样永远受着他的折磨呢？我，我……"这种反响愈来愈严厉，愈来愈把她的心弄得不安起来！……

她频频地向黑暗中凝眸着；那一双星一般、长着长长睫毛的眼睛，便又轻轻地、悄悄地在她的面前浮动起来了。她想："真是稀奇！虽然只一回平常的见面，但那个人实在像在哪里见过来的！……"不过，随时她又，"唉！我为什么要想这些事情呢？我为什么要想这些事情呢？唉！唉！……实在地、那双鬼眼睛真在哪里见过来的！"

她向黑暗里小心地、战动地望望那睡得同猪一般的丈夫。忽然，她又被另一种可怕的想头牵连着。丈夫的那把磨得放亮了的梭镖，好像一道冷冰冰的电光似的，只在她的面前不住地摇晃，一双环睁的螃蟹形的眼睛，火一般地向她燃烧着！……

在耳边，四公公和李六伯伯们的频频的赞叹声又起来了："好一个贤德的妇人啊！……那一朵鲜花插在牛粪上啊！……"

梅春姐是怎样地觉得她的心在慢慢地裂开！裂成了两边，四块！裂成了许多许多的碎片！……

她悲哀地、沉痛地又合上她的眼睛。她深沉地想了：她还是要保持那过往的光荣的。她不能让这些无聊的、漆一般的想头把她的洁白的身名涂坏。在无论怎样的情形之下，不管那双眼睛是如何撩人，她还是决心不再和他碰头的为妙。

五

事情是往往要出人意料之外的。譬如说：一头耗子想要躲避一只猫，它是一定要想尽它的方法的。或者是终天守在洞里，或者打听到猫不在家时才出去，或者是老远地听着猫来了就逃！……在耗子本身看来，这也许是一种比较安全的方法吧。但，不对；我们却常常可以看到一个耗子被抓到猫的口中。不仅是不能躲避，就是连怎样才会被抓到猫口中的，它都不知道。梅春姐就正是一头这样的耗子，糊里糊涂地被抓到猫的口中。她想是想得很好的。当丈夫叮咛了她一番匆匆离家之后，她就终天关在家里不出门。牛在家中饮。鸡在家中喂……连菜园，连上村下村的邻舍都不轻跨一步，这总该不会遇见那双撩人的眼睛吧！——她自己想——但，不对！事情是往往要出人意料之外的。水缸中没有水了，她得上湖滨去挑水来；引火柴烧完了，她得上草场拖草去；夜晚鸡没有回笼，她得去寻鸡；牛粪堆满了牛栏，她得将它倾倒外面的肥料沟中去！……这一些琐细的事物，总像苍蝇叮食物似的钉着梅春姐，要摆也摆脱不开。做完一件又来一件，而且，每一件事都是要跑到外面去才做得成功的。一跑出去，她就常常要遇见那个鬼人。那一双只有鬼才有的撩人的眼睛！……

梅春姐会因此而感到沉重的不安。越不安事情就越多，事情越多就越要跑出去，越要跑出去就越要遇见那一个鬼人和那一双鬼眼。

谁知道呢？那一个鬼人是不是也在故意地到处阻拦她呢？

有几次，她是只跑到一半路就打了转身的；有几次她是绕着另一条小道而回的……她一见到他，一见那双鬼眼，她的心就要频频地、不安地击动着。

她开始觉得她的世界慢慢地狭小起来了。她简直不能出门。好像她的周围已经没有了其他的人物，好像全村子，全世界都早经沉没了似的。她的眼睛里只能看到一个人，只能看到一双长着长长睫毛的、撩人的、星一般的眼睛！

她的四围站满了那一个人，她的四围闪动着那一双眼睛！……

又有一次，也许是她回避和他碰头的最后一次吧，梅春姐去挑水时，突然地，给他在湖滨拦住了。他穿的是一件灰布的夹长衫，他的手里拿着一条细长的鞭子。他满面笑容地望着梅春姐装了一个拦鸡鹅般的手势，将梅春姐拦在湖边。

微风舞着他的长长的黑发，他的一排雪白的牙齿同眼睛一样撩人地咬着那红润的下唇。他说：

"德隆嫂！为什么啦，你一见到我就逃？你……？"

梅春姐轻轻地把小水桶卸下了肩头，背转身来，低低地望着那水中的自己的阴影。她的面孔突然地红到耳根。她的心跳得快要冲出喉咙了。她不知所措地、忸怩地、颤声地回道：

"我——不认得……先生呀！……"

"不认得？我姓黄啦！……我是会中的副会长，我就在那大庙里教书的啦。你不是在草场中见过我的吗？……"

一阵风从梅春姐的侧面吹过来，把她那轻得使人听不出的回声拂走了。

"也许你忘记了！……不过，你为什么事情要怕我呢？"

"我没有怕先生。"

"没有怕？好的！那么，我就改一天到你家中来玩吧！我和德隆哥很好，他回来了，我一定要来看他的……"

梅春姐一直等他舞着那条细长的鞭子，跑了好远好远了，才深深叹了一声，挑水回家去。

这之后，黄先生就常常要跑到梅春姐的家中来，梅春姐也就不能再像耗子怕猫般地那样怕他了。虽然是丈夫不在家，虽然她还时常提防着村邻们的物议，而他呢？有时候是一个人来，有时就带着麻子婶家的木头壳，和一些会中的小家伙……

他还时时向梅春姐说着一些关于女人们的开通不过的话语，他还时时向梅春姐讲着一些关于女人们的新奇不过的故事。

梅春姐的脑子渐渐地糊里糊涂起来，梅春姐的决心渐渐地烟消云散了起来！于是，一头美丽、温柔的耗子，就这样轻轻、悄悄地、被抓到了猫儿的口中。

六

这事情，就发生在一个黑暗的、苍茫的午夜。

梅春姐正为着一些村邻们的无谓的谣言而忧烦着，她已经整整地三宵不曾安静了。她的心里，就像一团迷雾般地朦朦起来。她想不清人们为什么要将她的声名说得那样难堪而污秽，她是实在不曾和人们有过什么卑微、下贱的行为的。她很能够矜持她自己。她可以排除邪恶的人们的诱惑，她可以抑制自家的奔放的感情。而人们毕竟不能原谅她，毕竟要造谣污秽她，并且在夜深人静时，还常来壁前壁后偷盗般地梭巡她。这真是太使梅春姐感到抑郁而伤心的了。

十月的荒原，就像有严冬那样的冰寒了。很少有几声垂毙的虫们的哀叫，透过了小窗来，钻进到梅春姐的繁乱的心情里。她懒洋洋地靠着窗门，看那壁隙的微风将油灯轻轻吹灭。疲劳、困倦……慢慢地，将她推到了那洞黑的床前。

一个窸窸窣窣的、低微的、剥啄的声音，把她惊悸了！

小窗门微微地启开着。一个黑色的、庞大的东西，慢慢地由窗口向里边爬！爬！……

梅春姐的全身都骇得冰凉了。她的牙门磕着！她几乎哑声地呼喊了起来！

黑色的东西摸到她的跟前了——是一个人。一个穿长袍子的、非常熟识的身材的人。梅春姐的心中慌忙着、击着、跳着……像耗子被抓到了猫儿口中般地颤栗起来！

"吓吗？……"那个人伸手摸着了她的肩头——一股麻麻的火一般的热力，透过她的冰凉的身子。她嘶声地、抖战地推开他：

"黄，黄……你……你……唉！你……"

"我是……梅春姐，你，平静些吧！……我平常……"

"轻声些！……你……唉！……你不要害我的！……"

"不要紧的！……现时已经不比从前了！……你安静些吧！……"

梅春姐挣扎地摆下他的手来，她为那过度的惊惶而痴呆着。她的被眼泪淋湿着的身子紧紧地缩成了一团，她的心里更加慌忙地冲击着！

黄，像一只狼般地再度地奔向她来，梅春姐已经无法能推开他了。为了那些壁前壁后的梭巡人的耳目，她幽幽地、悲抑地、向他哀求道：

"你去……去！……那边……菜园，林子里，我来……"

"真的吗？"

"真的！……"

黄，就像一只矫捷的壁虎般的，向窗门翻走了。

外边黑得伸手看不见自家的拳头，梅春姐的心就像快要被人家分裂般地彷徨、创痛着！她推开了里房门，向着左方，那菜园的看不清的林子里踌躇着："天啦！这样的怕人啦，我去不去呢？我，我将？……"

她站在那里惊疑了好久好久，她还不能决断她的适当的行踪。黄遗留下来的热力，就像火一般地传到她的烦乱的心里，渐渐地翻腾了起来！

她犹疑、焦虑着！她的脚，会茫然地、慢慢地、像着魔般地不由她的主持了！它踏着那茅丛丛的园中的小路，它把她发疯般地高高低低地载向那林子边前！……

"假如我要遇见了邻人？……"她突然地惊惧着！她停住了，就好像已经在她的面前发现了一个万丈深长的山涧似的。她把头向周围的黑暗中张望一下，扪了一扪心，然后又昏昏沉沉地、奔到林子里去了。

一个黑黑的、突如其来的东西拖着她的手，她的全身痉挛着！

"这里！——"

"我，黄……"

"不做声！——"

他轻轻将她搂抱起来，他紧紧地贴着她的脸！当他吻到了她的那干热的嘴唇的时候，便一切都消失在那无涯的黑暗和冷静的寒风中了！

第三章

一

传言像一团污浊的浓雾般的，将全村迷漫着。五七个妇人：黄瓜妈、麻子婶、柳大娘，还有两个年轻的闺女、小媳妇，又在湖滨的洗衣基石上碰头了。

她们曲曲折折地谈着这桩新奇的、暧昧的事情。

在她们的后面，有三个老头子：白发的四公公、烂眼睛的李六伯伯，和精神健壮的关胡子。他们在那坟堆上抽烟、谈世事，他们向着太阳扪老虱婆。

柳大娘的双颊涂得火一般地通红了，她也想叫会中的副会长和有资格的人们看上她。她妖媚地朝那三个老东西唾了一口，又开始谈起她那还不曾谈完的故事：

"老黄瓜。他说……"

"说什么呀？下流的，不要脸的家伙！……"黄瓜妈气起来。

"他说……哼！他还比我们下流百倍呢！"柳大娘冷声地笑道，"他还夜夜去梅春姐家的壁前壁后偷看他们的！……他说：'有一天，我伏在菜园的后边！……'听呀，麻子婶！……'我很小心地望着她家的窗子，一个黑色的东西向里边爬！爬！……随后，又爬出来了。随后又有一个跟在那个的后边，摸到菜园中的林子里来了。我专神地一看：哼！你说是谁啦？……就是——梅春姐和那有一双漂亮眼睛的黄！……'他说：'唔！是的，副会长！'……"

黄瓜妈的脸色气得发白了，麻子婶笑着。

"我要打死那下流的东西的！……"黄瓜妈的眼泪都气出来了。

在远方，在那大庙的会场那边，有一群人向这湖滨走来了。似乎有人在吵骂着，又似乎已经打了起来。

柳大娘用手遮着额头望着，她吃惊地竖起她的眉毛：

"麻子婶！你家的木头壳和老黄瓜打架啦！"

"打架？不会的！……"麻子婶应着，望着，"我家木头壳他很好！……"

打架的人渐渐地走了进来。

"该死的！……"麻子婶跳起来了。她是怎样地看见她的木头壳被老黄瓜踏在脚下揍拳头，又是怎样地看见人们将他们排解着！……

麻子婶连衣都不顾地跑上前去。欢喜看热闹的、洗衣的妇人们和坟堆上的老头子们也都围上来了。

"我要打死你这狗头壳的，你妈的！你给副会长拉皮条！我，我……"老黄瓜的小眼睛映着，他连草香荷包都被震落下来了，"我明天就要上街去告诉陈灯笼的！……"

"我操你的妈妈！我给你的妈妈拉皮条呢！你看见了？……我操你的妈妈！……"木头壳将一颗血淋的牙齿吐在手里，他哭着，面孔就更加像木头刻出来的，"你自己吊不到膀子，你对你的祖宗发醋劲！我操你的妈妈！……"

麻子婶冲过去，她拖着老黄瓜的手，不顾性命地咬将起来！黄瓜妈浑身战着，她夹在人们中间喊天、求菩萨！……

人们乌七八糟地围成一团了。

李六伯伯和四公公们从旁边长长地叹道：

"我们老早就说过了的！不得了的！女人们没有了头发要变的，世界要变的！……"

"变的？还早呢！……"关胡子摸着那几根灰白髭须，像蛮懂的神气，说，"厉害的变动还在后头啊！……"

"后头？……"四公公的心痛起来了，"走吧，没有什么东西好看的了！走！……"

三个人雁一般地伸着颈子，离开着那些混乱的人群，向村中蹒跚地走着！

二

为着那痛苦的悔恨而哭泣，梅春姐整整地好些天不曾出头门。黄已经有三夜不来了，来时他也不曾和她说过多些话。就好像她已经陷入到一个深沉的、污秽的泥坑里了似的，她的身子，洗都洗不干净了。她知道全村的人都怎样地在议论她；她也知道自家的痛苦，陷入了如何的不能解脱的境地；她更知道丈夫的那双圆睁的眼睛和磨得发亮了的梭镖，是绝对不会饶她的！……

好像身子不是她自己的身子了，好像有人在她的身子上做过什么特殊的标记。她简直连挑水都不敢上湖滨。

她躲着，或者是她连躲都躲不起来了。

"我就是这样地将自家毁掉吗？……但，不能呀！"她想着，"我总得要他和我想一个办法的！……"

这一夜，有一些些月亮。梅春姐还不曾吹灯上床。木头壳便跑来敲她的房门了。

他的脸肿了起来，青一块，紫一块。他说："梅春姐！你们的事情很不好！我今天和老黄瓜打了起来！他要上街告诉陈德隆去。副会长叫我来，他在湖中的荒洲上等你！……"

"他怎么不来呢？"

"他不来！"

"天哪！……"梅春姐的牙齿磕了起来。她的身子一阵烧，一阵冷！提起了陈德隆，她的眼睛就发黑，她就看见那磨得放亮的梭镖和那通红的眼睛！……

熄了灯光。她一步高一步低地跟他走着。突然地，她站住了：

"假如老黄瓜他到这里来抓我们呢？……"

"不会的。老黄瓜给他的妈妈关起来了。"木头壳安她的心说。

湖水起着细细的波涛，溶浴在模糊的月光里。并且水岸好像已经退下了许多。将一条小船横浅在泥泞的倾坡上。

木头壳将梅春姐拉上船艘，自己用膝骨将船头推下了，便跳将上来，撑篙子，横切过那细细的波涛，向荒洲驶去。

梅春姐怔怔地凝注着那荒洲。小船也慢慢地离近了。当她看见了站在那割断了的芦苇根中的黄的阴影的时候，她便陡然地用了一种憎恨的、像欲报复着他给予她的侮辱一般的目光，向他牢牢地钉过一下！她的眼泪就开始将她的视线朦胧起来。羞耻、悔恨和欢欣，将她的全身燃烧着。

黄走近岸边来拉起她了。木头壳就停着在小船中等他们。他们走着，走着……不做声。脚踏着芦苇的根子，吱吱地响。

突然地，在一个比较平铺一点的芦苇根中，他们站住了。他说：

"冷吗？……梅春姐！怎么办啦？你的打算……"

"打算？……"梅春姐的声音就像要变成了眼泪般的，她紧紧地拉着他的手。"我简直不能出门！他们把我那一向都很清白的名誉，像用牛屎、糠头灰糊壁一般的，糊得一塌糊涂了。他们还要去告诉我的丈夫！……"

黄拉着她坐下来了，他昂头望着那片冷冰冰的夜天。在地上，发散着一种腐芦苇和湿润的泥泞的气味。

"并且，你……"她说，"你也不肯替我想一个办法的，你三天都不来了！……"

黄长长地叹着，手里摸着一根芦苇根子，声音气起来：

"这地方太不开通了！他妈的！太黑暗了，简直什么都做不开。"

"怎么办呢？做不开？……"她沮丧地、悲哀地几乎哭起来了。

"会长太弱，什么都推在我一个人的身上，村中人又不开通！……梅春姐，我想走！……"

"走？你到哪里去呢？……"梅春姐战着，哽着她的喉咙，"我要被他的梭镖刺死啦！我……"

"不，我想和你一同走！"

"一同走？到哪里去呢？我的天哪！……"

"到镇上的区中去！我和总会里人说了的。"

"镇上?"

"是的！我想，明天就走。那里也有你们的会，你也可以去入会的。"

梅春姐不做声，她用手扪着脸，她的头低低地垂着。

"怎么，又哭吗?"他把手中的芦苇根子抛了。

半晌，她深深地叹着，将头仰向那上方的夜天：

"总之，唉！我是被你害了！……我初见你时，你那双鬼眼睛……你看，就像那星一般地照到我的心里。现在，唉！……我假如不同你走……总之，随你吧！横直我的命交了你的！……"

黄紧紧地抱过她的头来，他轻轻地抚摸着。他说：

"那么，你明天就早一些来啰！下午我在庙中等你，你只要带两身换洗的衣服。"

梅春姐还不及回他的话，在后方，木头壳叫了：

"你们还不走啦？冷哩！……"

"好，你就明天早些来吧!"他重复地说。

月亮已经拥入到一片墨云中了。在天空，只有几颗巨大的寒星，水晶般地频频地闪烁。

三

老黄瓜一夜不曾合眼睛，他恨恨地咬着牙齿。手上被麻子婶咬掉一块皮的地方还包扎着。房门锁了，后门锁了，连窗门都加了一个反闩。母亲还是足足地骂了他一更天才睡着。

他睁着小眼睛望着黑暗，他的脑筋里想起了一切挖苦人、侮辱人、激怒人的话；他是想用这些话到街上去激动那癫子陈灯笼的。并且他还想好了如何避免陈灯笼疑心他吃醋，如何才能够使陈灯笼看出他的那真正的同情心和帮忙心来。

天还只有一丝丝亮，他就爬起来了。偷儿般地将房门扳了一下，扳不开！小窗门牢牢地反闩着。他用了全身的吃奶子的力，将窗栏杆敲折一块，反手将窗门撬开，爬出去。

初冬的早晨的寒气，像一根坚硬而波动的铁丝般的、钻着他的身子，他的全身起着一层鸡皮疙瘩。他用脏污的袖子揩了一揩干枯的眼粪，拔着腿子向街上飞奔！

十多里路，他连停都不停地一口气跑到了。

不是醋劲，是真正的同情心和帮忙心！

陈德隆的样子很难看，是吃不住营中的苦呢？还是挂记着家中的妻子呢？当老黄瓜费了很大的工夫问到他的营前的时候，他就那么闷闷地非常不安。他肩着一根梭镖，和另一个背洋枪的人站在营门口。

老黄瓜老远地打着唿哨。招呼着陈灯笼，他不敢贸然地冲到营门去。

"你吗，老黄瓜？"陈德隆吃惊地睁着他的螃蟹眼，和那背洋枪的说了一些什么话，就飞一般跑来了。他头上的一顶蓝帽子几乎压到了眉毛，"上街来做什么呢？"

"不做什么，专门来看看你的！"老黄瓜态度悠闲地说。

"看看我？"

"是的！"

"唉！老黄瓜！……"陈德隆阴郁起来，"妈的！真吃苦，没有酒，没有烟！还天天操练！……我总想销了差回家来！……"

"回家来？……"老黄瓜微微地笑着，"我看你还是在这里的好些呢！有吃，有穿！……"

"吃，妈的，糙米饭！穿？啰，就是这样的粗布！"

"好！"老黄瓜更进一步地笑着，微微地露出点儿意思来，"衣裳很好，不过帽子的颜色还深了点儿！"

"怎么？"

"没有怎么！"他阴险地，照着他的预定的计划又进一层地挖苦着，"顶好还再绿一点儿！"

陈德隆的眼睛突然地瞪得通红了，就好像两支火箭般地直射着老黄瓜。他的声音急着，战着：

"我的老婆偷人吗？……"

"没有！……"老黄瓜不紧不松地，他想把那牛一般的陈灯笼再深深地激怒一下，"她只和会中副会长黄有一点儿小小的往来，那不能算她的过错……"

"真的么？"

"假的！——"

忽然间，老黄瓜觉得他的一切计划都已经逐步通行了，便立时庄重了他的脸膛，满是同情心地说：

"我看你还是快些回家吧！哼！……那狗人的木头壳给他们拉皮条。那鬼眼睛的副会长，还兴高采烈地在村中穿来穿去！……是我实在替你不平了，才和他们打起来的！啰，你看：这只手！……我今天一早上就爬了起来！……"

陈德隆的脸青一阵，白一阵，他呆呆地望着那高处……那不可及的云片和火一般的太阳光。随即他又低下来了。他把梭镖使力地插在坚硬的地上，约半尺来深。他将它摇着，摇着！……一会儿又抽出来，一会儿又重新插起了，就好像要试试那梭镖能插人插得多深的一般。他的牙齿像在嚼着一把什么大砂子，喳喳地响着！一会儿他又向地上疯狂地吐起唾沫来，一会儿他又笑着！……

老黄瓜觉得陈德隆已经是怎样地怒得不可开交了，并且庆幸自家的心思已经完全达到。

连那个老远地背着洋枪的人，都不知道陈德隆在玩些什么鬼！

突然地，陈德隆像一匹熊般地向老黄瓜冲去！猛不提防地在他的颊上批一下！——

"去罢！老子明白，妈的，你也不是好家伙！……"

老黄瓜满怀的冤枉。他是很知道陈灯笼有一把蛮力的，他不敢再吃眼前亏地飞奔着。一面恨恨地朝陈灯笼抛来两句遮羞的、报复般的话：

"不信吗？我操你的妈妈！狗咬吕洞宾，不识好人心！你这鬼癫子总有一天会晓得你祖宗的好意的！"

午饭的号声吹了，陈德隆打定了主意，提着梭镖，匆匆地走着。在营门口，已经又有了新来替代他们的岗位的人。

四

梅春姐满怀着恐怖与悲伤。是舍不得离开家中呢？还是惧怕着什么灾祸的来临呢？当木头壳跑来通知她三点钟就要起行的时候，她简直慌的手忙脚乱了。

"天啦！我怎么的好呢？怎么好呢？天啦！……"

她伸手到破箱子里去摸，霉陈腐旧的衣裳统统摸出来了。她在床前头翻了一阵，床后头又翻了一阵，她实在不知她应该翻些什么东西。

"天啦！我怎么好呢？……"

满床的旧衣服，满地的旧衣服。木头壳又跑来催她了：三点钟过了好些分钟。

她胡乱地包成一个小包袱。她跑到牛栏去瞧了一瞧那条饿瘦的牛，又跑到鸡笼去将鸡招呼一下，厨房、菜园、家用品和农具——满腔的酸泪与惜别的悲哀！衣包重，脚步重，头低低地重着！……在门口，突然而来地——丈夫的一双圆睁的螃蟹形的眼睛放着红光！一个冒着热气的癫痫头！一副膨胀的面庞和冷冰冰的凶狞的微笑！……

梅春姐的全身发着抖。一股难堪的、因他的奔跑而生的汗臭和灰泥臭，直扑到她的鼻孔中来。衣包被震落在地下！

丈夫装得非常和蔼的靠近她的身边，他弯腰拾起她的包袱。

"回娘家吗？我特别跑回送你的行的！……来啦！先烧点儿东西我吃了，我们再去吧！……"

就像一头老鹰抓一只小鸡般的，梅春姐在他粗黑的手中战栗着——轻轻地被抓到了房中。他坐在一张小凳子上面，失神地玩弄着一件由地上捡上来的霉污的衣服，吩咐着梅春姐给他烧点吃的东西。

外边非常阴暗。是黄昏的到来呢？是要下雨呢？还是梅春姐眼睛放花呢？……她偷偷地看着陈德隆喝着她烧给他的米汤饭，就好像在云里雾里的一般。她看着全屋子，全厨房，都团团地旋转着！她不能支持地战栗了好几阵！

木头壳第三次来催她时，只看到陈德隆的半边脑袋就飞逃了。

他站起身来，揩了一揩嘴边的残液，走近到她的畏缩的、像一头小羊遇见狼般的战栗的身子。

"现在，"他说，"'贤德的妇人'！告诉我吧！你的娘家的人都死尽了，你为什么又突然想起要回娘家的呢？……"

梅春姐用手防护着头，紧紧地缩着她的身子。她不做声，不做声！……突然地——她是怎样地看见陈德隆举起一只熊掌般的大手，猛然地向她击去！她的头，像一只沉重的铁锤般地碰在门上。她的眼睛发着黑，身子像螺丝钉似的旋了一个圈圈，倒在地上！

整个的世界山一般地压着她！耳边的雷声轰轰地响着！

陈德隆又继续在她的胸前加擂了几下！

她躺着，躺着！……5分钟，10分钟。不，也许还久长一点。她终于苏醒了来。她的身子像置放在烈火中燃烧般地痛疼着！她的脑袋，像炸裂般地昏沉起来！一块湿湿的膏糊般的流汁，渐渐地凝固着她那青肿了的头颅。

仿佛，她还能听得清楚：堂屋中满是嘈杂的人声。丈夫是怎样地在和会中人家吵骂着，又怎样地和人家打了起来，她不能看。她的身子，不知道被什么人抬起来，放置在一块冰凉的木板上。随后又轻轻地摇摆着，走着！……一直到荒原中好远好远了，丈夫的那疯狂得发哑的、不断和人家的争闹，还可以清清晰晰地传到那伤坏的梅春姐的耳中。

"……我要到区中去告你们的！……我要到总会中去告你们的！你们将她抬走！……我操你们的八百代！……"

五

区中的正会长，是一个十分壮健而和蔼的人。他有两只炯炯光光的眼，和一双高高的颧骨。他说起话来，声音响亮。一副非常亲切的笑容，挂在他的那宽厚的嘴唇上。

"你到底怎样呢？"他说。一面用手拍拍那愤慨得像疯牛一般了的陈德隆，"现在，关于你老婆的事情，我们是不能管的，你要找回她，我就带你到她们的会中去！……"

"去，妈的！"陈德隆叫道，"我是什么都不怕的，我非和她们拼拼不可！"

"你不会赢的！"正会长又真心地劝道，"你的理少！……"

"她们的理在哪里呢？我不怕她们！"

"好，走吧！"

镇上，陈德隆是常常到的。但今天，他似乎觉得生疏起来了。他看看那些街旁的房屋，他看着那些来来往往的人群，都似乎与平常不同了，都似乎已经摇晃起来了，都似乎在对他作一种难堪的、不可容忍的深深的嘲讽。

"嘿嘿！你这乌龟！"

"嘿嘿！你连老婆管不了的，假装刚强的、愚笨的家伙！"

陈德隆的心火一阵阵地冒上来，头上直流着细细的汗珠子。他觉得他走的不是冬季的、冷冰冰的街道，而是六月的、布满了火一般的太阳光的荒原！他热，热……

他是什么事情都不曾落过人家的下风的。在村中，他是唯一有名的刚强的男子。而目前，他半世的威风，眼睁睁地就要丧在这一回事情的里面了。他紧紧地捏着他那毛蟹爪般的拳头，他的心中频频地冲击着。

"我非和她们拼拼不可！我不怕她们的！我寻着她，刺死她！寻着他，挖出他的那双漂亮的眼睛！我看她们将我怎么办？……"

正会长在一个庙门前头停住着。他又露了一露他那非常亲切的笑容。

"现在，你站在这里！"他说。"我看她们里面有没有主持的人来？"

陈德隆牢牢地钉着庙门，钉着那挂着的长长的木板。那木板上面的字，他都能认识，他将它念了无数遍。

一个老妈妈跑出来，将他带到一个从前供菩萨的殿堂里。

正会长和一个青年的、卷发的、漂亮的女人坐在那里。另一群也是短发的、剪成各种各式的头样的妇人，在她们的两边围观着。

"你叫陈德隆冯？"那漂亮的女人问。她的头发卷得像一丛小勾藤似的。

"是！"陈德隆应着。他的心火不能按捺地燃烧了好几次。他瞪着那通红的眼珠子，死死地盯着她们。

"告诉我，陈德隆！"那漂亮女人板起了她的粉红的面孔，又问，"现在，你跑来做什么呢？"

"不做什么，我要我的老婆的。"

"你要你的老婆？……你懂得我们这里规章吗？"

"不懂得！……她偷了人，丢了我的脸，我是要将她领回教训的。"

"好！幸亏你还不懂得。你要懂得了时，你还会将她活埋掉呢！你把她打的头浮眼肿了，你还来……"

"她是我的老婆啦！"陈德隆截断了她的话头叫着。

"别提她是你的老婆吧！"那女人气冲冲地站起来了，"告诉你！你的老婆爱上了旁的人了，这是她自己说的。我们这里的规章是这样：女人爱谁就同谁住。并且还不能打她，骂她，折磨她！……前晚的事情，我们饶了你，是因为你不懂得。现在，你去吧！她已经不是你的老婆了。她是我们这里的人了。她在我们这里养伤，养好了我们自己教她回去。"

"真的吗？"

"真的！"

"我要是将她杀了呢？"

"你敢？我们抓到了剥你的皮！"

"好！"

陈德隆一言不发，回转身子就走。他的脚步沉重地踏着台阶，他的牙齿喳喳响着，他的眼睛里放着那可怕的红光！

在后面，妇人们都哈哈大笑起来了！正会长老远老远地追着他，叫他的名字：

"陈德隆——陈德隆——"

他不回头，也不响，脚步更加使力地走着。过了街口，过了桥头，他的耳朵什么声音都听不见。

在堤前，他坐下了。

他定神地看着天，看着地，看着那土地庙旁边的一截枯腐了的白杨树的身干突然地，他走过去，使力的一拳——把白杨身干打穿一个大洞！

六

老黄瓜很扫兴。副会长走了，梅春姐走了，而陈灯笼又不肯将他当知心人看待。他去找陈灯笼几次，陈灯笼都不在家。就连那野婆娘们的家中都不去了。

"妈的！真倒运！"

今天，他听说陈灯笼回来了，并且在找人卖牛、卖鸡、卖家中的用品和家具；他特地跑来看他的。

陈灯笼满脸笑容地在打衣包。他说：

"来，朋友！晚间到我家中来喝酒吧！我要出门啦！……"

"出门？"

"嗳。"

"还有谁来呢？"

"不，就是我们两个人，喝杯米酒。"

"好的！好的！"老黄瓜走了几步，心里想道，"不错，妈的！还是好朋友，还是知心的人！不请旁人，单请我！……"

夜间——

陈灯笼把小桌子架在堂屋中间，点着小油灯，一缸酒，五大碗热烘烘的鸡肉。

老黄瓜奇怪起来：

"陈灯笼，你为什么弄这多的鸡肉呢？"

"卖不脱，自己杀了它。来，我们喝酒吧！"陈灯笼斟给他一大杯酒。

"你到哪里去呢？"

"做生意去！……不多谈它，喝酒吧！"

老黄瓜的心里更加奇怪起来。他看看陈灯笼好像并不是在喝酒，而是在喝一大碗一大碗的冷茶。吃鸡，好像连骨子都不愿意吐般地横吞着。他的光头上的青筋凸着！他的眼睛里放着血红血红的红光！……

"嗳！这又是一回怎样的事情呢？嗳！……"老黄瓜一边嚼着鸡肉一

边想。

只在一刻工夫中，一缸酒已经只剩了一点儿边边了。

老黄瓜的视线模模糊糊起来。他是很不会喝酒的人。他给陈灯笼三杯五杯地，便灌得醺醺大醉了。

然而，一件心事，那就像一股不能抑制的蒸气般的、跟着米酒的冲力而翻腾上来了。

"陈灯笼！"

"怎么？"

"她……她们呢？……"他更加模模糊糊起来。小灯光变成无数团火花飞动着。

"谁呀？"

"梅——梅春姐……和黄？——"

"管她呢，老黄瓜！"陈灯笼似乎在笑着，"男子汉，大丈夫，老婆只能当洗脚水，泼了一盆又来一盆！随她们吧，老黄瓜！……"

"对的，对……的！……"老黄瓜的身子渐渐地倒下来了，"陈——灯——笼！……你的蛮……蛮……对！……"

陈德隆站起身来。

"怎么，老黄瓜？……"他走来将他的身子踢了一脚，就像踢着一团烂棉花般的，老黄瓜滚到门弯中去了。

陈德隆用了一种迅速的、矫猿般的动作，将桌子轻轻搬开，将那磨得发亮的梭镖，从床头取出。将梭镖头拔下，用纸张包好，插在胸襟内。又将梭镖棍子当扁担，挑起了衣包来，开开门，向荒原中走去！……

银霜散布着夜的荒原。像那哭丧似的，哀叫的虫声，几乎完全绝踪了。月亮圆滑地从云围溜过，星星环绕在那泛滥的天河旁边，频频地映眼。

陈德隆踏着大步地向镇上奔来。寒气掀起了他的酒意，使他更加倔强而凶猛了。一种沉重的杀机涌上他的心头。他的牙齿切得喳喳地响了！好像那黄的星一般的眼睛，好像那老婆的变节的身子与剪发的头颅，就停在他的前面般的，放出来一团团烈火，将他的灵魂燃烧着！

完全沉没在夜的风寒中的街镇，展向他的面前了。他在那桥头前停了一停，均匀了一回心头的喘息，酒意朦胧地，就开始进到街中了。他找寻她们的方向。

一道矮矮的垣墙，把一个狭巷中的低低的平屋包围了。陈德隆在那里停着。为了避免偶然的夜路人的碰见，他躲在墙角弯中，取出梭镖头来插上，将衣包就塞在那弯弯里。然后便跃身翻过矮墙来，在月明的光辉下轻轻地向着那第三个窗门爬去！……

"不会错的！"他抑制着他的朦胧的酒意，坚持他自己。他用梭镖头将窗子撬开，向里边爬着！……是他过于性急呢？还是黑暗中看不分明呢？当他使力的将梭镖向白色的床前一刺！就只听得到：喳——喳——

"哎呀！"

一声粗暴的喊叫，将他的梭镖头，震落到窗门里了！随后，他便只身如飞一般地跳出垣墙，偷偷地听着！

显然地，里面嘈杂的人声，完全不是！他气的提着衣包飞跑着！他的酒意，完全清醒过来了。

"唉，妈的！我怎么弄错的呢？我费了三天功夫才打听出她们来啦……唉！我到哪里去呢？……她妈的，妈的！……唉！……"

第四章

一

梅春姐非常幸福地又回到村中来了：她是奉了命令同黄一道回的。当她在镇七听到那癫子陈德隆，因要杀他们却错杀了旁人而逃跑的时候，她就想要回来的。因为她的伤还不曾全好，才迟了几日。

她非常高兴，她从镇上的漂亮的女会长那里，学到了很多东西。她没有再住从前的那所旧房子了。她是和黄同住在大庙旁边的另一个新房子里的。

她不曾再回来看过她的老家，她也不再悬念她家中的用品、鸡、牛和农具！……

她不再怕人们的谣言了，她也不再躲在家中不敢出来了。她似乎完全变成了另外一个人。她整天都在村子里奔波着，她学着说着一些时髦的、开通的话语，她学着讲着一些新奇的、好听的故事。

姑娘们、妇人们，都开始欢喜她，同她亲近了。老头子、老太婆们，都开始嫉妒她、卑鄙她，同她疏远了。

当她一遇见了人时，她就说：她也要在村子里组织一个什么女人们的会了，那会完全是和男人们的会一样的。因为女人在这个时候通统应当自立起来，和男人们共同做事的缘故。女人是不能一世都依靠男人们的。而且，男人们也不能够无理地欺侮女人，打女人和折磨女人——就像陈灯笼过去折磨她的那样——因为女人和男人们一样地都是人啦！……并且女人们从今以后，统统要"自由"起来：出嫁、改嫁都要由自己做主，男人是决不能在这方面来压制和强迫女人们的！……女人们还偷着留着没有剪掉头发的，限时统统要剪掉！……村子里不准任何人再折磨"细媳妇"①！而且尤其是不准"包细脚"和逼着死掉了丈夫的女人们做寡妇！

这些话，梅春姐统统能说得非常的时髦、漂亮和有力量。因此那班从前都赞誉过她的老头子和老太婆们，就格外地觉得稀奇、嫉妒、鄙视，而且渐渐地痛恨起梅春姐来了。

这真是一件稀奇的、鬼气的事情啦！……

老太婆们都气着说：

"这样的规矩呵！——鬼哪！鬼哪！……贞节的妇人怕缠魂鬼哪！……"

老头子们都呕着说：

"这样的规矩啊！——我早就说过的哪！女人没有了头发要变的，世界要变的哪！……"

可是，那些年轻的姑娘和妇人们却恰恰相反，她们大半都像疯了似的，

---

① 细媳妇：即童养媳。

全都相信了梅春姐的话，心里乐起来了，活动起来了！只等梅春姐一到村子里的某一个人家，她们就成群结队地将她包围着。她们都愿意加入和赞成梅春姐的这一个会，并且还希望梅春姐能把这一个会早些日子成立起来！

这真是一件气人的、呕人的事情啊！……世界还到底要变成一个怎样的东西呢？……很多老头子——像四公公他们，和老太婆——像黄瓜妈她们，都几乎要气得发叫起来了。

然而，梅春姐在村子里一天比一天更高兴地活动着。并且夜间，当她疲倦地从外面奔回家来的时候，她的黄也同时回来了。她便像一头温柔的、春天的小鸟儿般的，沉醉在被黄煽起来的炽热的情火里；无忧愁、无恐惧地饮着她自己青春的幸福！他们能互相亲爱、提携；互相规勉、嘉慰！

黄还时常教她读一些书，写一点字；叫她做一些新鲜的、有意思的玩意。她也更加地爱护他，甚至于连一根毫毛都怕他伤坏。

白天，他们又各自分头地、在村子里做各人的事！

她常常地想：这才是真正的生活呢。

当她的女人会开过第一次筹备会的一天的早上，忽然的，她对黄说：

"黄，我……"

"怎样啦？"

"我想是……有……有了什么……"她羞惭地将头儿低下。

"嗳哈！……不开通！不开通！"黄笑着说，并且急急地扶起她的头来，"是陈灯笼的吗？……"

"不，你的！"她把他的眼睛指着，"是你这双鬼眼睛的！星眼睛的！……"

黄扪着他的眼睛笑起来：

"随他吧！我的好，他的也好，都是一样的。只要有人能生养就得啦！我们的大事情还要紧得很哩！姐！……"

梅春姐还是不依地、娇羞地、狠狠地将他的眼睛钉着。

"唉，你的这双鬼眼睛！真撩人啊！……"

二

那个最欢喜搽脸红的、平常总是同情而又嫉妒梅春姐的放荡的妇人柳大娘，也开始变得和梅春姐一样了。她也学着说起开通的、时髦的话来了，学着讲起新奇的、好听的故事来了。那是因为梅春姐所邀集的女人们自己的会，在三月八日那天正式成立时，柳大娘也当选了会中干事的缘故。

她奉了会长梅春姐的命令和指示，也开始日夜不停地在村子里奔波起来了。她的话虽然说不到梅春姐那么漂亮、有力，可是，如果按照梅春姐和一些其他的会中人的盼咐，一句一句地说出去，也是很能打动一些闺女和妇人们的心的。因此那班守旧的老头子和老太婆们见了她，就比见了梅春姐还痛恨得厉害。

"呸！……那是怎样的东西呢？……完全……下流货呀！……鬼婆子，你还要学她吗？……"

"现在，无论谁啦！——如果再叫那个脸上涂得像猴子屁股的骚货进门，我一定要打断她的腿！……"

可是，柳大娘不比梅春姐，她却丝毫没有畏惧，仍然是高兴地、大胆地搽着脸红，在村子里的许多人家穿进穿出。她要是遇见了那些特别顽固和守旧的老头子、老太婆们，她就格外地觉得起劲了，因为她很能够抓到和指出他们的丑恶和错处来，给他们一个无情的回骂或威吓的缘故。

"你们还装什么假正经呢？公公、伯、叔、婶婶！……你们的闺女和寡妇，不也是一样地在家里偷人吗"……你们为什么不把她们明白地嫁掉呢？……你们还偷着留着头发在头上有什么用处呢？……你们都应该晓得——现时不像从前了呀！……一切——女人和男人家都应当'平等'、'自由'……你们都以为大家统统是聋子和瞎子吗？……你们一天到晚守在家里逼寡妇！折磨'细媳妇'！……强着给小女儿'包细脚'！……这都是罪过的和犯法的事情呀……你们统统都不懂得吗？……你们都想戴高帽子'游乡'①、吃官司

---

① 游乡：即用绳子绑着在乡下游行示众。

和坐班房了吗？……哼！……我并不是梅春姐会长啦！你们还有心暗中来笑我，骂我哩！……"

这真是太气人的、呕人的事情啊！……但是谁还能大胆地当面回骂一句不赞成或反对的话呢？因为这世界完全变了样子了呀！你假如要骂——那你就要算作反动或不动的人了，并且立刻就有坐班房和"游乡"的危险的。因此，每当梅春姐、柳大娘，或者一些其他的女会中人来村子里宣传的时候，顽固的人家，就只好一面将闺女和"细媳妇"们收藏起来，一面仍然狠狠地在肚子里用小舌头骂着，怀疑着：

"妈的！怎样呢？世界到底要变成一个怎样的东西呢？"

"女人真的能和男人家'平等'吗？……能当权吗？……不依规矩能和男人一起睡觉吗？……"

"寡妇能再嫁吗？……女儿能分家产吗？……"

"剪掉头发了，不'包细脚'，还像一个女人吗？……"

"嗯！他妈的！……盘古开天以来，就没有听见过这样的规矩！……这都是她们那些下贱的东西自己造出来的啦！……"

"操她们的妈妈！一个老法宝——不让她们进屋！"

"她们会自己塌下来的！放心吧！……"

可是，无论他们这些顽固的人是怎样在怀疑、暗骂和反对，女人们的会在村子里的势力，是一天一天地扩大起来了。她们不但没有"自己塌下来"，而且反将那些被收藏的闺女和"细媳妇"们，统统弄出来加入了她们的会。

这真是太气人的、呕人的事情啊！老头子和老太婆们的心血都差不多要气出来、呕出来了！——他们或她们还能对这样的事情生什么办法呢？假如真的是鬼入到女人们的心里了，谁还敢去阻拦她们呢？……当柳大娘和其他的女会中人，一次比一次得意地在村子里摇来摆去的时候，他们简直连胆都要气破了啊！

"妈的！……统统揍死她们吧！——只要她们自己塌下来！……"

可是，什么时候才能"塌下来"呢？——他们却不知道。

三

因为会中有很多的事情不能够解决，梅春姐往往在太阳还没有压山以前，就站在那大庙旁边的新屋子门口，等候着她的黄回家来吃晚饭。

她近来是显得更加清瘦了，女会中的繁琐的事务，就像一副不能卸脱的沉重的担子似的，压着她那细弱的腰肢，使她丝毫都不能偷空一下。她的那扁桃形的、含情的眼眶上，已经印上着一层黑黑的圈子了。她的姿态好像完全变成另一个人了。她的肚皮微微地高出着，并且有一种不知名的，难当的气息，时时刻刻在袭击和翻动着她那不能安静的内心。

黄也和她一样，为了繁重事务，几乎将身子都弄坏了。他的脸瘦了，皮肤晒黄了，眼睛便更加显得像一对大的、荒凉的星一般地，发着稀微而且困倦的光亮。他也完全没有两三个月前那样漂亮了。因为他不但白天要和红鼻子老会长解决一切会中的事务，而且夜间还要为梅春姐做义务教师和指导者。

今天，梅春姐也和往常一样，老早就站在那里等着她的黄回来。

太阳刚刚一落下去，她就在那晚霞的辉映里，遥远地看到了黄的那拖长着的瘦弱的影子，并且急忙地迎上去。

"怎样呢？黄啦！……今天？………"她温和地问道。

"今天好！"黄笑着说，"不但又有很多人来加入了会，而且还有人争执到'土地'的问题上来了！……但是，姐啦！今天你们的呢？……"

"我们也好！……黄！"她说，"不过，关于解放'细媳妇'和再嫁寡妇们的事，今天又闹过一些乱子！……因为一班老年人都……"

黄却没有等着细听她的报告，就一同挽着手走进屋子里了。他们在一盏细细的灯光前吃过晚饭，因为事情上急，便又匆忙地讨论起问题来。

梅春姐小心地就像小学生背课文那样的，将日中怎么发生乱子的经过，统统背诵出来了：是谁不愿将"细媳妇"交出来，是谁曾阻挡寡妇们入会，是谁来会中哭诉着，纠缠着，又是谁要来会中讲交情，求面子……这些问题她统统不能解决。她用了一种孩子们般的无办法和渴望着救助似的神气，凝注着黄的面貌，希望他能迅速地给答复下来。

黄笑着，并且勉慰地问她了：

"姐啦！你的意思呢？"

"我以为……现在……黄啦！"她说，"我们也应给老年人一些情面，这些老人家过去对我都蛮好的……因为，我们不要来得太急！……譬如人家带了七八年的'细媳妇'，一下子就将她们的夺去，也实在太伤心了！……我说……寡妇也是一样啦！说不定是她们自己真心不愿嫁呢？……"

黄不让她再说下去，便扪着他的眼睛，禁不住哈哈大笑起来了。

"怎样呢？黄啦！你为什么笑呢？"她自觉地羞惭地说。

"你为什么还是这样一副软弱的心肠呢？我的心爱的姐！……你以为一切的事情统统这样的简单吗？"

"那么，你以为怎样呢？黄啦！"她追问道。

"我以为你还来得太慢了呀！姐！……你们女人会的事情样样都落在人家的后面呢！……你以为做这样的事情还能讲情面吗？还嫌做得太急吗？……这是替大家谋幸福的事情呀！我的心爱的姐！……譬如我们过去如果不强着替她们剪头发，她们会自己剪吗？……不强着替她们放脚，她们会不'包细脚'吗？……不强着压制一班男人家，他们会不打老婆，不骂老婆和不折磨'细媳妇'吗？……我的姐！一切的事情统统都是这样的呀！……又譬如你——姐！你如果不急急地反抗和脱离陈灯笼，我们又怎能有今日呢？……"

"假如她们那些人要再来求情和争闹呢？"梅春姐仍然虚心地犹豫着！

"那还有什么为难的呢？我的心爱的姐！——不睬她们或赶出她们，就得啦！……"

黄停顿了一下，用了一种温和的、试探的视线，在追求和催逼着她的回话，并且捉着她的每一个细密的表情和举动。

外面的田野中的春蛙，已经普遍地、咯咯地嚣叫起来了。这不是那凄凉的秋虫的悲咽声，这是一种快乐的、欢狂的歌唱。一阵夜的静穆和春天的野花的香气，渐渐地侵袭到这住屋的周围来了。

梅春姐偏着头，微微地凝着她那扁桃形的眼睛，想了半天。突然地，她像得了什么人的暗示而觉悟过来了似的，一下子倒到黄的怀抱里，娇羞地、认错似的说道：

"对，黄啦！你的对！——我太不行了！是吗？……从明天起，我要下决心地依照你的说法去做——将那些事情统统解决下来，并且报到区会中去！……不要再给她们留情面了，是吗？……我得将'细媳妇'和寡妇统统叫到我们的会中来，听她们自家的情愿！……是吗，黄啦？……"

黄将头低下来，轻轻地吻着了她的湿润的嘴唇，开心地叫道：

"是啦！我的心爱的姐，你怎么这些时才想清的呢？……"

外面的春蛙，似乎也都听到了他们这和谐的、亲爱的说话一样，便更加鼓叫得有劲起来了！……

四

倒不只是因为女人的会的缘故，村子里又起了谣言了。而且谁都不知道这谣言是从什么地方来的。最初不过是三个、五个人秘密地闲谈，议论着。到后来，便像搅浑了的水浪似的，波及到全村子以及村予以外的任何个角落去了。

谣言的最主要的一些，当然还是离不了女人会的行动，尤其是梅春姐的和柳大娘的。一派人说：过了六月，便要实行"公妻"了。另一派人又说：不是的，要过七月；因为六月里女人得先举行一个"裸体游乡大会"，好让男人家去自由选择。一派人说：老头子们都危险，只要上了四十岁的年纪，统统要在六月一日以前杀掉，免得消耗口粮。又有一派人说：孩子们也是一样，不能够走路的也统统要杀掉，而且还有人从城里和镇上亲眼看到过铁店里在日夜不停地打刀、铸剑，准备杀人。这就使很多够资格的人都感到惶惶不安起来了。这到底是怎样一回事呢？……全村子里似乎只有老黄瓜一个人知道得非常详细——那特别是关于"公妻"和"裸体游乡"的事情。他就像一个通村的保甲似的，逢人便告着。

"一定的呀！"他说，"我们大家都不要愁没老婆了……哈哈！妈的！真好看啦！……七月一定'公妻'……只要你们高兴，到女人会中自由去选择好了。她们在七月以前统统要'裸体游乡'一次的，那时候，你就可以拣你自

111

己所喜爱的那个，带到家里来！……唔，是的呀！……'裸体游乡'！……哈哈！……你们统统不知道吗？……那才有味啦！……告诉你……那就是——哈哈！……就是——就是——女会中的梅春姐、柳大娘和那些寡妇，'细媳妇'她们……统统脱掉衣裳……脱掉裤子……在我们的村子里游来游去！……唔！……哈哈！……你真不信吗？……我要骗了你我是你的灰孙子啦！……屁股、奶奶、肚子、大腿和那个——统统都露在外面哩！唔！看啦！哈哈！……哎哟！哎哟！——我的天哪！——我的妈哪！——哈哈！……"

老黄瓜说得高兴的时候，就像已经从女会中拣得了一个漂亮的老婆似的，手舞脚蹈起来了。他的小眼睛眯得只剩了一条细线，草香荷包震得一摆一摆。如果那时有人从旁边怂恿他几句，他是很可以脱掉裤子，亲自表演一下的。

梅春姐听到这一类的谣言，正是在一个事务纷忙的早上。她已经将很多繁重的离婚、结婚、"细媳妇"的寡妇的事情统统弄好了，准备到镇上的区会中去作报告——柳大娘匆匆地走进来了。她用了一种吃惊的、生气般的神情，对梅春姐大声地叫嚷道：

"真的……气死人啦！……梅春姐你还不知道吗？——老黄瓜在村子里将我们造谣造得一塌糊涂了！他说，他说……我们统统，统统……"

"啊！怎样呢？……他说？——"梅春姐尽量装得非常镇静地截着问。

"什么'公妻'啦！……'裸体游乡'啦！……他就像已经亲眼看见过的一样！……那龟孙子！……"

梅春姐——向柳大娘问明白之后，便郑重地将到镇上去的事情暂时搁下，带着这些谣言亲自去找其他的会中人去了。

可是，谁都不知道这谣言是从什么地方来的。当他们决定要将老黄瓜抓来问一问的时候，老黄瓜却早已闻风逃避得不知去向了。

夜晚，黄从镇上回来。梅春姐气得像一头受了委屈的小羊般的，倒在他的怀抱里，一五一十地告诉他村子里怎样发生谣言的经过，并且还沮丧地、忧伤地叹息道：

"黄，为什么世界上偏偏有这样一些不开通的人呢？他们为什么只专门造谣，诬害呢？……先我们还不认识的时候——谣言。认识过后——又是谣言。

后来，我们正式回到村子里来做事情了，我想谣言这该不会再落到我们头上吧！……然而现在——却连我们自家的会，都要遭他们的谣言了！……黄，他们为什么偏偏这样混账呢？……关于这些谣言，他们都从什么地方造出来的呢？……黄啦！你告诉我呀！黄啦！……"

黄轻轻地抚弄着她的短发，并没有即刻就答复她这问题。他的眉头深深地连锁着；他的那星星般的撩人的眼睛，在灯光下微微地带着一些不稳定的光彩；他的那清瘦的面容，似乎正在深思，疑虑着一桩什么未来的大祸事一样。

梅春姐深深地诧异起来了。

"黄啦！你为什么又不回我的话呢？"

黄皱皱眉头，笑了一下。他说：

"没有什么，姐！……不过，这些谣言都不是我们村子里自己造出来的！这是一条——毒计！"

"毒计？"梅春姐吃惊地坐起来了。

"是的，不是谣言，姐！而且听说省城里还有了大的变动哩！……昨天镇上开了一道宵的会，就专为这事情的。"

"啊！——那怎么办呢？黄……假如省里一变动，我们现在的事情，不统统都要停下来吗？"

"那当然不能停的！"黄站起来兜着圈子，断然地说，"莫要说这还只是些谣言、消息，姐，即使是真的有什么大祸发生了，我们还能抛掉这里的事情逃脱吗……姐，我们目前已经没有其他的路了呀！不是死——那就只有努力地朝前干下去呢！……"

梅春姐轻轻地战栗了一下！然而，却给一种数年磨折出来的苦难的意志，将她匡住了。

"那么，假如真的要变动起来，我们后天的排新戏还排不排呢？"

"当然排喽！——"

黄这样一说，梅春姐便觉得一切的事，都从新得了保护似的，勇气和意志都坚强不少了。

五

是因为肚子渐渐地大起来了的病态地变化呢？还是由于局势的不安而感到忧愁、疑惧呢？……在大家不顾一切而进行排戏的那晚上，梅春姐总觉得有些像亡魂失魄那样的，连行、坐、说话，都显得难安、恍惚起来了。

这时候，外面的谣言就像一片大大的乌云，浓雾似的、将天空和日月都几乎遮蔽着。这不是从前的那种关于梅春姐一个人的谣言了，这是关于整个的大局的啦！有人说：不但是省城里有了变动，而且县城里也开来了新的反对的兵了，镇上也最出惶惶不安的景象来了。有钱的，先前被赶出村子的人现在统统要溜回来了。他们全准备着，要和村子里各会中的人算账。并且要拿各种各样的、可怕的手段，来报复各会中的人。关于女人们，他们尤其说得恶毒：入过会的，抓来——杀！不曾入会而剪掉了头发的，现在统统要送到五台山或南岳山去给和尚！

然而，他们却还像并不知道的那样，仍然在关帝爷庙中排他们的戏。那戏是黄亲自编做出来的。为的是要表演一个很有田地的人，剥削长工和欺压穷困女人的罪恶。因为主角配角的人都要得非常多而且复杂的缘故，除红鼻子老会长、梅春姐、柳大娘、木头壳和黄自己之外，还派人到村中去强邀了麻子婶以及很多个年轻的媳妇和小伙计们来，准备大规模地练习一次。

黄自己扮那个有钱的，作恶的角色，戴着一撮小胡子和两片墨晶眼镜，穿一件太不相称的大袖子的袍子。红鼻子老会长仍然扮他那最熟悉的长工的角色。梅春姐扮有钱人的大太太，柳大娘扮姨太太，木头壳扮听差的小孩子。此外，麻子婶以下，便统统扮穷困妇人和那受剥削受得太多、而商量共同起来反抗的种田汉。

外面的天色已经变得乌黑天光了。一阵初夏的清凉而阴郁的空气，掠入庙堂来，扑到高高的戏台上，将一排巨大的灯光都几乎扇灭了。这时候，在野外很少能再听到快乐的、高叫的蛙声，而代替了一种新虫的悲哀的低诉。夜的一切，似乎都沉入到了一种深沉的、恐怖的、不能解脱的陷坑里，而静待着某一桩预料了的祸事的到来那样。

角色统统分配、化妆之后，便开始了第一幕的台词的口授，因为几乎是全部的演员都不识字而无法读剧本的缘故，可是，黄还没有说完他那第一幕的第一句，从外面——从那黑暗的、不知方向的一角——突然地发出着一个裂帛似的枪声来了！

大家一怔！接着——又是第二声，第三声！……

与其说这是一个突然的变动，倒不如说，就是那一件约定的祸事的到来。当时每个人都进出了一种惊悸的、仓皇的和绝望的脸色，并且开始大乱和大闹起来了！……女人们哭着！——孩子们哭着！……年轻力壮的人们都急忙地冲出到庙门的外面，开始向黑暗中飞逃了！……

这真是一件惊人的、可怕的事情啊！……

黄急忙地用了一种迅速的、猫儿扑鼠般的手法，将那排巨大的灯光统统扑灭了。梅春姐惊心地、惶悚地、紧紧地靠着他的身子，并且不能抑制地、悲伤地战栗着！

红鼻子老会长和柳大娘都摸着、跌着、从黑暗中逃跑了。木头壳背着他的妈妈麻子婶，由竹篱笆的狗洞中钻出去……

黄急忙地、下死力地将梅春姐拖着、拉着，从一道窄门中溜了出来，这时候，大庙里已经没有一个人留着了。他喘息地一边抹掉了他的那撮假的小胡子和墨晶眼镜，一边将那件大袖子的不相称的袍子，脱下来撕得粉碎了！……

"我的天哪！天哪！……我们到哪里去呢?"梅春姐嘶声地、战栗地摸着她的大肚子呜咽着！

"不要响！……姐！……轻声些！……"黄尽量地抑制了她的悲诉。

他们背着枪声的方向，轻轻地、匍匐地、爬过了一条田塍，爬过了一个高高的丘冢、一条茅丛的小路和一段短桥！……

当他们快要爬到那湖滨的时候，……突然地给一个东西一绊！——梅春姐和黄便连身子都给绊倒下来了！

三四只粗大的黑手，连忙捉着，抓住着他们的胸襟！——当他们明白了这是怎样的一回事情之后，便一齐震得、疼痛得昏迷过去了！……

夜的黑暗的天空中，正开始飘飞着一阵细细的雨滴！……

第五章

一

巴巴头，万万岁；

瓢鸡头①，用枪毙！

六月的太阳火一般地燃烧着。三个老头子：四公公、李六伯伯、关胡子，坐在湖滨的一棵老枫树底下吃烟、乘凉；并且谈论着这半年来的一切新奇、动乱的时事。

四公公，那个白胡髭的最老的老头子，满面忧烦，焦虑地向那健壮的关胡子麻麻烦烦地问着，关胡子就告诉他那么一个歌儿。

"你上街回啦！总还有旁的消息吧？……"

"没有。"关胡子又说，一面用手摸着他的胡髭，"不过，那姓黄的和陈灯笼的嫂子，听说会在近天中……"

"近天中？……唉！可怜的小伙子！天收人啊！那个女人还怀了小孩子哩！……"四公公的头颅低低地垂着，就像一只被打伤了的鹅般的，他的声音酸哽起来了，"总之，我们早就说了的：女人没有头发要变的，世界要变的哪！……"

李六伯伯揉揉他的烂眼处，一副涂满了灰尘的瘦弱的面庞上，被汗珠子画成了好几道细细的沟纹。他想开口说一句什么，但又被四公公的怨声拦阻着。

四公公是更加忧愁了，他不单是痛惜黄和梅春姐，他对于这样的世界，

---

① 瓢鸡头：湖南话，即女人剪短发的头。

实在是非常担心的。七十多年来的变化，他已经瞧得不少了：前清时州官府尹的威势，反正时的大炮与洋枪，南兵和北兵打，北兵和南兵拼，他都曾见过。可是经过像目前这般新奇的变化，他却还是有生以来的头一遭。

一阵沸热的南风，将地上的灰尘高扬了。大家将头背向湖中，一片荒洲的青翠的芦苇，如波涛般地摇晃着。

四公公到底沉不住心巾的悲哀了，他回头来望着那油绿的田园，几乎哭着，说：

"你看啦！黄巢造反杀人八百万，都没听说有这般冷静！一个年轻些的人都瞧不见他们了！……"

"将来还有冷静的时候呢。"关胡子又老是那么夸大的、像蛮懂得般的神气，摸着他的胡髭，"将来会有有饭无人吃，有衣无人穿的日子来的啊！……"

李六伯伯将他的烂眼睛睁开了：

"我晓得！要等真命天子出来了，世界才得清平。民国只有十八年零六个月，后年下半年就会太平的，就有真命天子来的！……"

"妖孽还多哩！"关胡子说。

"是呀，今年就是扫清妖孽的年辰呀！……"李六伯伯的心中更像有把握般的，"明年就好了。后年，就更加清平！……"

"后年？唉！……"四公公叹着，"我的骨头一定要变成鼓槌子了。想不到活七十多年还要遭一回这样的殃啊！……唉！……"

世路艰难了——又有谁能走过呢？

人心不古了——又有谁能挽回呢？

像梅春姐和黄他们那样的人，也许原有些是自己招惹来的吧，但其他的呢？老头子们和年轻的人们呢？……

一只白色的狗，拖着长长的舌头，喘息着从老远奔来，在李六伯伯的跟前停住着。它的舌头还没有舐到李六伯伯的烂眼睛上，就被他兜头一拳——击得"汪！"的一声飞逃了。

二

一切的事都像梦一般的。

在一个阴暗的潮腐的小黑屋子里，梅春姐摸着她的那大大的肚皮独自个儿斜斜地躺了一个多月。一股极难堪的霉腐的臭气，时时刻刻袭击着她那昏痛的头颅。一种孕妇的恶心的呕吐，与胎儿的冲击，使她的全身都不能够支持地，连呼吸都显得艰难起来了。

室外是一条狭窄的走廊，高高的围墙遮蔽了天空的日月——乌黑地，阴森森地，像永远埋在坟墓中般的。只有一阵通通的脚步声和刺刀鞘的噼啪声来回地响着。一个胖得像母猪般的翻天鼻子的、凶残的看守妇，一日三通地来监视着梅春姐的饮食与起居。在走廊的两旁的前方，是十余间猪栏般的男囚室。

与其说是惧怕着自家在这一次大变动中的厄运，倒不如说是挂虑黄与那胎儿的生命的为真。梅春姐整日地沉陷到一种深重的恐怖中了。大半年来的宝贵的、新鲜的生活的痕迹，就像那忍痛拔除的牙齿还留下着一个不可磨灭的牙根般的，深深地留在梅春姐的心里了。是一幅很分明的着色的伤心的图画呢！她是怎样地在那一夜被捉到这阴森的屋子里来的，她又是怎样地在走廊前和黄分别，黄的枯焦的颜色和坚强的慰语，其他的同来人的遭遇！……

这般的，尤其是一到了清晨——当号声高鸣的时候，当兵丁们往来奔驰的时候，当那母猪般的看守妇拿皮鞭子来抽她的时候，这伤心的图画，就会更加明显地开展在梅春姐的面前；连头连尾，半点都不曾遗忘掉。她的全身痉挛着！因此而更加证实了她的厄运，是怎样不能避免地就要临头了。她暗中不能支持她自家地、微微地抖战着，呜咽着！……

"唉！……也许，清晨吧！……夜间吧！……唉！我的天哪！……"

然而，归根结蒂，自家的恶运厄运，到底还不是使梅春姐惊悸的主要原因。她的这大半年来不能遗忘的新的生活，她的那开始感到有了生命的，还不知道性别的可爱的胎儿，她的黄，他的星一般撩人的眼睛！……

"唉！唉！……我的天哪！……"

翻天鼻子的看守妇走来了，她用一根粗长的木棍，将梅春姐从梦幻中挑醒来。梅春姐就抱着她的大大的肚皮，蹒跚地移到窗门上。一种极难看的凶残的脸相，一种汗臭和一种霉酸的气味，深沉地胁迫与刺痛着梅春姐的身心！

在往常，在这一个多月中，在无论怎样的恐怖与沉痛的心情之下，当看守妇走来在她的身上发泄了那凶残的、无名的责骂之后，梅春姐总还要小心赔笑地鼓着胆子问过一回关于男囚室的消息与黄的安全。虽然她明知道看守妇不会告诉她，或者是欺蒙了她，但她仍然不能不问。并且她在问前，还常常一定要战栗了好几回，一定等到了那也许是假的，也许是欺蒙她的完全的回答之后，她才敢自欺自慰地安睡着。

这样的，已经一个多月下来了！……

但，今天，还是怎么的呢？还是看守妇的脸色过于凶残呢？还是自家的心中过于惊悸呢？……当看守妇和她纠缠了许多时辰，又发泄了许多无名的气愤而离开她的时候，梅春姐是始终不曾、也不敢开口问过黄来。一直等到看守妇快要走过走廊了的时候，她才突然地，像一把刀子刺在喉咙中必须拔出来般的、嘶叫着：

"妈妈……来呀！……"

看守妇满是气愤地掉过那笨重的身躯，大踏步地回到窗前来了。她双手插在腰间，牙齿咬着那臃肿的嘴唇，向梅春姐钉着：

"什么？……"

鼓着胆子，战栗地、嚅嚅地问道：

"那，黄……黄？……"

"还有黑呢！你妈的！……"看守妇冷冰冰地用鼻子哼着，唾了一口走开了！

梅春姐在窗前又站了许多时辰，她的眼睛频频地发着黑。一种燃烧般的、焦心的悬念，一种恐怖与绝望的悲哀！

"天哪！怎么的呢？……还有没有人呢？……"

一阵通通的脚步声和噼啪的刺刀鞘声音响进来了。一个兵，一个脏污的、汗淋淋的荷枪的汉子，向她贪婪地凝望着。

梅春姐义鼓起她的胆子来，又战栗地、嚅嚅地向这脏污的兵问道：

"老总！……"

他走过来，他的眼睛牢牢射着梅春姐的脸。

"请问你！……那边……男囚室……一个黄，黄……"

脏污的兵用袖子将脸膛的汗珠抹去，他更进一步地靠到她的窗前。

"你是他的什么人啦？……"

梅春姐有点儿口吃起来了：

"是……同来的！……"

"他吗？……"那脏污的兵说，"他，他们……"

梅春姐战栗了一下！她目不转睛地钉着那脏污的兵的嘴唇，她惊心地等待着他的这句话的收尾。一种悬念的火焰，焦灼地燃烧起来！她想，他该会说，"他们好好地躺在那里吧！……"但他却正正他的帽子的边沿，说道：

"他们在今天早晨——"

"早晨？——"

突然地，一道流电，一声巨雷！一个心的爆裂——像山一般的一块黑色的石头，沉重地压到梅春姐的头上！她的身子漂浮地摇摆着！像从天空中坠落到了一个深渊似的，她的头颅撞在窗前的铁栅上了。她就像跌筋头似的横身倒了下来！

胎儿迅速而频繁地冲动着！腹部的割裂般的疼痛，使她不能够矜耐地全房翻滚了！

没有思想！没有灵魂！……整个的世界完全毁灭在泪珠和汗水，呻吟与惨泣之中！……

看守妇怒气冲天地开开门来，当她瞧到那秽水来临的分娩的征候的时候，她就大声地讪骂着：

"你妈的！你妈的！……生养了，你还不当心啦！……"

梅春姐死死地挨着墙边，牙齿咬着那污泥的地板，嘴唇流血！胎儿的冲击，就像要挖出她的心肝来般的、把她痛的、滚的、渐渐地失掉了知觉，完全沉入昏昏迷迷中了。

看守妇弯腰等待着：拾取了一个血糊的细小的婴儿；一面大声地嚷着、骂着！呼叫着那个脏污的、荷枪的汉子：

"他妈的！……跌下来的！……还不足月呢！……还是一个男孩子啦！……请把你的刺刀借我，断脐带！……"

三

在外面过了大半年漂流生活的陈德隆，突然地回到村子里来了。他是打听了四围都有了变动才敢回的。

在他的自己的屋子门前，呈现出一种异常的荒凉与冷落，完全变了样子了。他站在那里很久很久而不敢进门，就像一个囚徒被释放回来般的，他完全为一种牛性的、无家的、孤独的悲哀驰遣着！

村子里瞧不见一个行人了。一块阴沉的闷热的天，一阵火一般的南风的吹荡。几头野狗，在自家的荒芜的田地里奔驰，嘶吠！……

究竟还是老朋友老黄瓜，是他的小眼睛的锐利呢？还是听到旁人说的陈灯笼回家了呢？他第一个不顾性命地奔来欢迎了陈灯笼。他也是因那次造了谣言，被赶掉之后，最近才回村子里来的。他的身上还是一样地脏，一样地佩一个草香荷包，一样地用破衫的袖子揩额角间的汗珠和眼粪。

陈德隆迎上这一个大半年来不曾见面的好朋友。

"回来啦！陈灯笼！……"他说，满脸欢欣地，"一定发了大财了？……"

陈灯笼笑了一笑，他那被外面的风霜所磨折的憔悴的面容上，起了好几道糊满了灰尘的皱纹。他像一个真正的朋友般的、拍着老黄瓜的肩头，迟迟地说：

"回来了！……"一股非常难堪的热臭——汗水和灰尘臭——互相地冲袭起来。"他们呢？……村中的人呢？……"

老黄瓜痴呆了一会，拖着陈灯笼走进那荒凉的屋子里，在一条满是灰尘的门限前坐着。他一边用袖子揩去了汗珠子，说：

"他们吗？……唉！会中的人，失的失了，走的走了！……那个黄已经早在街上干掉了！……你的嫂子跟着也……不，听说她还在的，还生了一个男孩呢！……啊！啊！我应该恭喜你做了爸爸啦！……"

陈灯笼冷冷地笑着。他从破衣包里摸出了一支贱价的纸烟来，擦根火柴吸了。他从容地踏死了一个飞来的炸蜢；并且解开着小衫的胸襟，风凉风凉地听着老黄瓜的诉说。

遥远地，三个老头子，像两枝枯萎的桑树枝护着一条坚强的榆树一样，关胡子在中间，四公公和李六伯伯像挟着他似的向陈德隆的家中走来了。

四公公到底不行了，用了拐杖，他轻轻地敲打着陈德隆的台阶。

"回来了，德隆？……半年多些在哪里啦？……"

陈德隆招呼着这三位老人在门限前坐着，简短地告诉了一点大半年来不甚得意的行踪之后，话头便立即转到梅春姐和黄的身上来了。

交谈过一会，四公公又慢慢地将他的拐杖合拍地敲打起来了。他带着教训似的声音。一字一板地说：

"……总之！这事情，这是德隆你自家的不好。当初她是怎样地对待你来！……她是全村中都晓得的，有名的好女子。而你？德隆！你将她磨折！你……现在，我们就抛开那些不谈。总之，梅春的变卦和受苦完全是你德隆逼出来的！对吗？……你不那样逼她，她能有今日吗？……是的，你一定要怪我做公公的太说直话，但李家六伯伯和关公公在呢。他们不姓陈，他们该不会说假话吧！……唉！唉！……现在，她还关在街上的，她还替你生了个男孩子——这孩子是你的啦，德隆！……她和姓黄的一共只有八个月，这孩子当然是你的！……唔！就算那不是你的吧，有道是'人死不记仇'啦，'一日夫妻百日恩'！……德隆，这时你不去救救她，你还能算一个人吗？……当然喽，我们并不说梅春没有错，但是，最初错的还是你呀！德隆！……公公活了七十多年了，是的，好本事、好角色的人看的不少，就从没有看见一个见死不救的，那样狠心的好角色呢！……"

陈德隆的头低低地垂着。他在这三个老头子面前好像小孩子似的，牛性的、凶猛的性情完全萎靡了。也许是受了半年多来外间的风霜的折磨吧，也许是受了过度的、孤单的悲哀和刺激吧，他的心思终于和缓了下来。当他听完了四公公很费力的长长的教训的时候，当他看到了大家——连老黄瓜——

都沉入在一种重层的静默的悲哀之中的时候，他才觉得他对于梅眷姐是还怀着一种不可分离的、充满了嫌忌的爱，爱着她的。虽然他过去对她非常错过，而她又用一种错过来报复了他！……总之，这一切的，他们中间的不幸的事故。何况，黄已经死了，而她又替他——也许是黄吧！但他暂时无暇去推求这些——生了孩子了，又正正地在等待人家的援救！……

他沉默着！深深地沉默着，他尽量在他自家的内心里去搜求他那时对于梅春姐的过去错过的后果和前因！……

四公公又敲起他的拐杖来了。李六伯伯在他的烂眼睛上挥掉了那讨厌的苍蝇。关胡子老像蛮懂得般的、摸着他的胡子。老黄瓜满是同情地悲叹着。

"怎么啦？……还不曾想清吗？"四公公的拐杖几乎敲到了陈德隆的光头上来地问他。

"我想，四公公！……救她，我能有什么法子呢？……"陈德隆完全像小孩子似的。

"我们就是为这个而来的啦！"关胡子说，抹去了胡子上挂着的一个汗珠，"没有办法我们还来找你吗？……我们商量好了，只怕你不回来！……现在。镇上新来的老爷听说很好，他手下有一个专门办这些事情的人！……总之，我们商量好了，你不回来我们也要办的！……我们邀了全村的老年人具一个保结，想把你的田做主押一点儿钱，用你这做丈夫的名字，去和老爷的手下人办交涉，就求他到街上去……总之，这事情是很可以办得成功的。旁的村中也有人办过来了！……"

陈德隆在心中重新地估计了很久很久，重新地又把自家和梅春姐的不可分离的关系深思了一会：一种阴郁、一种嫌忌的爱与酸性的悲哀！……在三个老头子和老黄瓜的不住的围攻之下，在自己的不能解除的矛盾之中，他终于凄然地叹道：

"一切都照你们三位老人家的好了，只要能救她的性命。钱，田，我都是不在乎的！……就算我半年来做了一场丢人的噩梦吧！……"

三个老头子都赞扬了他几句，走了——两枝枯萎了的桑树枝和一条坚强的榆树。随后，老黄瓜也走了。不过，老黄瓜他是只走了十几步远就停住的。

他的脑筋里还正想念着一桩其他的心事呢：

"他妈的！真好！把梅春姐保出来时，也许……哼！他妈的，老子还有点儿希望呢！……"

四

天气更加炎热得炽腾起来。还保持了性命被由街上解到镇上来的梅春姐，整天地淹没在眼泪与沉重的怨苦之中。先天不足的弱小的婴儿，就像一只红皮小老鼠般的、在她的胸前蠕动着。她讨来了一块破布衫将他兜包了。用了一种从来不曾有过的、母亲的天性的爱抚，一种直有等于无的淡微的乳汁将他营养着。为了割肉般地疼痛着黄的死亡，而流枯了眼泪的、深陷着的扁桃眼珠子，就像一对荒凉的枯井般地微睁着。在她的金黄的脸上，泛起了一小块产后失调的、贫血的、病态的红潮。

镇上似乎比较街上宽待了她些，把她押在一个有床铺也有方桌子的房间里。一种破灭的悲哀和恐怖，仍旧牢而有力地缚住了她的那战栗的灵魂。代替了黄而使她不能不惶惧与痛惜着自家的身躯的，完全是婴儿的生命。她不能抛掉这刚刚出世的苦命的小东西——她的心头肉——而不管；假如她的那不能避免的恶运真真来临了的时候，她是打算了和这婴儿一道去死亡的。叉死他！或者将他偷偷地勒毙！……她很不愿意这弱小的灵魂孤零零地留在世界上，去领受那些凶恶的人们的践踏。虽然她明知道这许是一桩深重的罪孽，一种伤心的、残酷的想头！一连三天，她都沉陷在这种破灭的悲哀的想头里，因为，他们那些人也许要将她拉到她自己的村子里去做她的——她想。经常来监视她、送她的食物的，却完全换一些粗人男子。在第四天的一个清晨，突然跑进了一个中年的、穿长衫的人，将她从房子里叫出去。

梅春姐战栗地拥抱着她的婴儿，在经过一种过度的恐怖的烈火燃烧之后，她突然地，像万念俱消般地反而刚强起来，蹒跚地向中厅跟去！

一个留仁丹胡髭的人等在那里。旁边还侍立着两个跟随，替他扇风。他嬉笑地然着他的胡髭，说：

"今天……你可不要怕！……"

梅春姐战栗了一下！她用了一种由绝望的悲哀而燃烧出来的怒火，钉着那撮胡髭。

"你的家中来人来保你了！……现在，你就可以跟他们出去！……"

"出去？……"这又是一回怎样的事情呢？梅春姐像梦一般地朦胧起来。她仍然痴呆着！……突然地，那个人却又改变了他的笑容，作古正经地、大声地、教训她般地怒道：

"去罢——以后当心些！……别再偷坏的人做野老公了。这回要不是你们全村的老人都具结……"之后，他又是嘻嘻地笑将起来。

梅春姐完全变成糊里糊涂的了。她被那个中年的、穿长衫的人送到了头门。

"家中来人？……这又是谁呢？谁呢？……"

陈德隆的光头和一双螃蟹眼睛，突然地涌到门口来了！——他正正地拦在梅春姐的前头。

"啊哎！——"梅春姐突然地叫着！像比那厄运临头还要惊惧地，这突如其来的变化，完全震慑了她的残破的灵魂，她的手中的婴儿几乎要震掉下来了。

没有等她来得及明白这变化的原因的一刹那，就由两个人将她扶上一顶小轿，昏昏沉沉地抬着走了。好远好远她才回复她那仍然像梦一般的知觉。一陈羞惭，一阵战栗，一阵痛楚与悲酸……将她的血一般的干枯的眼泪狂涌起来了。

是什么时候来到家里的呢？她完全模模糊糊了。她只是昏沉地看到了满屋子全是人。只听到丈夫同四公公和老年人们说了些什么话，又出去将他们统统送走了，她才比较地清醒了一些。

丈夫走进门来，脚步声音沉重地踏着！在房中，他停住了。

丈夫瞧她一眼——她也侵怯地瞧丈夫一眼！丈夫不做声——她不做声！在丈夫的脸上，显着一种憔悴的容颜——一种酸性的、悲哀的沉默！在她的脸上，还剩下（就像剩在一片枯黄了的、秋天的落叶上似的）一块可怜的残红——一种羞惭与悲痛的汗流的战栗！

125

互相地站着，沉静了好久好久，好久好久。

终于，为了母性的爱——为了婴儿，梅春姐忍痛流泪地抱着那小人儿走近他的身边了。她说着——她的话，就好像是那婴儿钻在她的喉咙里说出来的一样，带着一种极其凄楚的悲声的呜咽：

"德隆哥！……现在，我的错……统统……请你打我吧！……请你看在孩子的面上——请你……"

她没有工夫揩她的眼泪，让它一滴赶一滴地流落在熟睡的婴儿的小手上，又由婴儿的小手落到尘埃。陈德隆低头重步地走近她的身边：一种男人的汗水臭和热臭透到她的肺腑。他走到床边躺下。他那秃头阴暗无光的斜枕着。他那无可发荡的牛性的悲哀，把他闷的、胁迫的几乎发狂起来！

"你说吧！会长老爷！……"突然地，他又从床上翻身起来了，"大半年来你把我侮辱得成了什么样子了呢？……我的颜面？……我在外面千辛万苦地漂流！……回来，又求三拜四，卖田卖地的花钱把你弄出来！……我完全丧尽了我平日的声名了！……"

梅春姐摇拍着怀中苏醒而悲哭的婴儿，她的头千斤石头般地垂下着。她的眼泪已经不是一滴两滴地滴了，而是一大把一大把地涌出来。

突然地，像一个什么灵机触发陈德隆似的，他像一匹狼般地冲向梅春姐！他从她的怀中夺过那啼哭的婴儿来，沙声地叫着：

"老子看！老子看！他妈的！是不是小砍头鬼！是不是小砍头鬼？……"

梅春姐拖着他的手，跟着他转了一个旋圈，发着一种病猿般的嘶声的哀叫：

"德隆哥！……你修修好吧！他是你——的！……你——的啦！……"

陈德隆终于没有看清，就向床上一掷，自己跑到房门边坐下了。在刚刚弥月的婴儿的身上，是很难看出像谁的模样和血脉来的。

梅春姐将婴儿抱起来死死地维护着。陈德隆更加阴郁而焦烦了。在他那无力发泄的、酸性的、气闷的心怀里，只牢牢地盘桓着一种难堪而不能按捺的愤愤的想头：

"我怎么办呢？……他妈的！我倒了霉了！……我半世的颜面完全丧在这

一回事情里了！……他妈的！妈的，妈的，妈的！——"

五

无论梅春姐怎样地哀求、巴结，丈夫对于她总是生疏的、嫌忌的。最初，他在四公公和许多老人的监视和邻居的解劝之下，似乎还并不见得怎样地给梅春姐以难堪。但后来，过的久长一点了，便又开始他那原是很凶残的无情的磨折。

梅春姐的生活，就重新坠入了那不可拔的、乌黑的魔渊中。为了孩子，为了黄所遗留给她的这唯一的血脉，她是不能不忍痛地吃苦啊！……

当夜间，当丈夫仍旧同从前一样地醉酒回家的时候，梅春姐的灾难便又临头了。他好像觉得变节了的妻是应该给她以磨折，应该给她以教训，才能够挽回自己的颜面般的。他深深地懊恼着，并且还常常地为此而自苦！……

他用那毛蟹般的铁指，拧着梅春姐的全身——当她驱过了蚊虫，放好了婴儿陪他就寝的时候。他噬咬着她的奶头！他缚住她的腿！他追问她和黄间的一切无耻的、污秽的琐事！……梅春姐总是哀求地呜咽着，一面护着那睡熟的婴儿。陈德隆拧的牛性发了，便像搓烂棉花似的，将她的身子继续地大搓而特搓起来。梅春姐战栗地缩成一团，汗水与泪珠溶成一片！

"你告诉我不？……"

"告什么？……"梅春姐喘地，悲声地叫着。

"你怎么和那鬼眼睛的砍头鬼搭上的？……"

"我不知道！……"

"我杀死你！"

"杀死我吧！……修修好吧！……顶好是连我们母子一刀杀死！"

陈德隆将她磨折得厉害的时候，心里就比较地舒服一些。接着，又有意捉弄她的，把她的婴儿倒提起来！他说：这是小砍头鬼——就因为他始终不能确信那婴儿真否是他的缘故——他要将他抛掷到湖里去见龙王爷！……一直等梅春姐哭着向他几乎叩头赔礼了，他才放下。

他睡着的时候，已经是夜深得很了。梅春姐常常通夜不能闭一闭眼睛。

她听到丈夫的鼾声，她的怒火便狂烧着，只因了爱护这唯一的婴儿的生命，她才不能、或者是不敢做出旁的举动来的。她只能在这样黑夜的痛苦的哀怨之中，来回忆她和黄的伤心的爱史与大半年中的崭新的生活；来展开她的那幅梦一般的、着色的、凄凉的图画。尤其是关于木头壳他们的消息，老会长和柳大娘们的流亡……她很少能看到一个从前在过会中的熟识的人了，因为她不愿出门也不敢和人家交谈的缘故。她就这样像埋在坟墓中般地埋在家里。忍痛地领受丈夫的践踏！

黑夜就像要毁灭她的全身般的、向她张开着巨大的魔口，重层地威胁着。蚊虫在帐子的四面包围着，唱着愁苦的哀歌，使她不能爬起来，或者是稍为舒一舒心中的怒愤。她不敢再凝望那夜的天空和那些欲粉碎她的灵魂的星光的闪烁。她不敢再看一看那大庙，那同黄践踏过的草丛的路途、园林、荒洲和湖中的悠悠的波浪！……她一看到那些——倒不如说感到那些——她的心就要爆裂般疼痛着。

丈夫的螃蟹眼睛，总是时刻不能放松地钉着她的。即算是到了夜深，到了他已经熟睡着的时候，都好像还能感到他那凶酷的红光的火焰，使她惊惧而不能安宁。

她只能将血一般的泪珠，流在婴儿的身上，她只能靠在那纤嫩的、瘦弱得可怜的小脸儿上，去低诉她的心的创痛；去吸取一点安慰，一点什么也不能弥补的、微弱的婴儿奶香。在过去，在那还比较地缓和一点的乌暗的生活之中，她还可能望得到黄的援救，终于还幸福地过了半年多光阴。然而现在呢？黄呢？……就连木头壳们都不知道生死存亡了！而自己又不能够忍心地抛掉这婴儿去漂去！

一切的生活，都坠入了那一年前的、不可拔的乌黑的魔渊中。而且还比一年前更加要乌暗，更加要悲哀些了。

"天啦！……但愿他们都还健在呢！……但愿他们……唉！唉……"

过了好些时日。

是因为四公公他们老年人的责劝呢？还是因了丈夫陈德隆磨折得厌了而暂思休息呢？还是梅春姐的苦难转变了另一个方式的临头呢？……丈夫对她

的打骂，便又慢慢地松弛起来。他除了经常喝酒以外，又开始他那本性难移的嫖赌和浮荡。田中横直这一季已经荒芜了，而且大半义都抵卖给了人家，他是很可以更加无挂碍地逍遥着。

"德隆哥！……家中没有米了呢！……"

"饿死他！"

"德隆哥！……天要凉了，孩子没有衣服呢！……"

"冻死他！"

"德隆哥！……你修修好吧！……"

常常地，当梅春姐想再要说几句的时候，丈夫已经连头都不回地跑到荒原中了。她无可奈何地只好自己来春谷，自己来拿破布衫给孩子改衣裳！……

一切的生活，都重行坠入了那一年前的、不可拔的、乌黑的魔渊中，而且还比一年前更要乌黑，更加要悲苦些了！

"天啦！……但愿他们都还健在呢！……但愿他们……"

第六章

一

"我要杀死你这小砍头鬼！我要杀死你这小砍头鬼！……"

父亲陈德隆拿着一把劈柴刀，大踏步地像赶一只鸡雏般地赶着他的 6 岁的大儿子香哥儿。两个 4 岁的、3 岁的小的，也跟在他的后面唔呀唔呀地叫着！

他在一个门角弯里将香哥儿擒住了。

"妈呀！……救，救我呀！……"

"你叫！你叫——我割断你的喉咙！……"

梅春姐像一只野鹅般地从房中飞出去，蛇一般地绕着陈德隆的颈子。

"怎么。德隆哥？"

"我要杀死这小砍头鬼！他妈的！卖他卖不掉，留着来害老子！"

"杀吧！杀吧！……"梅春姐就在他的颈子上狠命地抓了一下，"顶好把那两个小的先杀了，然后再来杀他！再来杀我！……"

陈德隆将劈柴刀和香哥儿向门角弯里一摔，就开始和梅春姐大闹起来。

他的脸不是 6 年前的脸，声音也不是 6 年前的声音了；但他的性情却还和 6 年前一样。

他摸着他的颈皮，破嗓沙声地骂着：

"你抓呢！你这母猪狗！……我操你的祖宗！……你偷了人，你还养出这小砍头鬼来害我啦！……"

"你为什么不将小的两个先卖呢？不将小的两个先杀呢？……你这狠心的狼！……你没有本事养活——"

这种话深深地伤了陈德隆的那牛性的、倔强的心。他来不及等她说完，就跳起来给了她一个耳刮子！

"臭婊子！……谁没有本事？谁没有本事？……我操你祖宗三万代！"

梅春姐的左脸印了一个血红的手印，她险些儿哭起来了！孩子们也呜啦呜啦地叫着，陈德隆就像发疯般地来揍小孩子。

梅春姐死死地将他扭着、滚着！……一直到他气的发战起来——丈夫是从来不曾气得发战过的——冲到门限前坐下了，她才爬起着。她望着她丈夫的那种倔强的，而又毫无办法的干枯的脸色，也不觉地代他心酸了一回。但这心酸是很有限的，即时又被她的一种历年磨折出来的憎恨心排挤着。

是的，丈夫是变了很多了，单单除了他那倔强、凶猛的、牛性的内心以外。6 年前，他还是很可以过活的，自耕自种的农人，而现在却是给人家帮零工的小雇佣了；6 年前，他还是一个一夫一妻的逍遥汉，而现在却变成三个儿子——不，也许只有两个，因为从那个大的的一双眼睛上，他已经断定出来完全是小砍头鬼——的父亲了；6 年前，他还是有名的嫖客、赌徒和酗酒汉，而现在却变成了一个连一日三餐都得不到口的挨饿的人了！

梅春姐是很能够知道这些的。而且她还能从 6 年前的一段幸福的生活中，模糊地推想到了丈夫之其所以弄到这个样子的原因和他的目前的路道。但丈夫却不能听信这些，因为梅春姐已经在他的面前变成罪孽的人了，何况梅春姐所讲的还不能迎合他的心意呢。

一阵酷热的南风，燃烧般地扫过来。站在干旱的田野中的雇主家的人，已经又在叫他车水了。陈德隆气愤地站起身来，蹒跚地走着。在他的那黯淡的面容和无光的螃蟹眼睛里，是很可以看出一种苦闷与倔强相混淆的矛盾来的。

梅春姐望着他走过好远好远了，她才憎恨而又悲哀地叹了一声，走进房中去。她将两个厌恶的小孩哄睡了，又将大的一个搀着，拿了米篮，无可奈何地走向村中的麻子婶家去借晚饭米。

麻子婶和梅春姐一样地都是不幸的人：她的大儿子木头壳已经 6 年不曾回家了，她的最小的两个儿女在前两三年过兵灾水旱时都卖了……她稍为比较梅春姐好一点的就是他的二儿子、三儿子、四儿子都能得力了，所以她还能马虎地过着。

"我借给你三升米吧！……你的丈夫在人家去吃饭了，你们就可以吃两天……唉！总之……"

梅春姐牵着香哥儿在那里坐了一刻工夫；一种不能按捺的恳切的悬心，使她问到了木头壳。

"他吗？……唉，唉！听说是在一个什么……唉，记不清了！总而言之是蛮远的地方！……"麻子婶的声音酸楚起来，流出了两点眼泪。这眼泪，就好像是两支锐利的针刺般的，深深地刺着了梅春姐的衷心。想起黄来。想起 6 年前的幸福的生活，她几乎又哭出声来了！

"我要不是……麻子婶，唉！不是抛不下这小冤家……我情愿同你家的木头壳一样呢！……我情愿永不回来！……我现在……唉！就指望那小冤家长大！……或者……"

香哥儿完全莫明其妙地怔着，睃着他那小小的、吃惊的、星一般的眼睛，拖着他妈妈的手：

"你哭呢，妈妈！……回去吧，爹爹要打我啦！……"

梅春姐抚摸着他的瘦小的头颅，朦胧地钉着他的小眼睛。忽然地，他叫着：

"妈妈，我肚子痛！"

梅春姐提起米篮来，将他抱在怀中，告辞了麻子婶，连忙向家里飞奔着！

先天不足，而后天又失调的、用母亲的眼泪养成起来的大儿子香哥儿，在丈夫的重层厌恶之下，本来早就非常孱弱的，何况还染上了流行的痢疾呢。

他瘦弱的就像一个小纸人儿了，他的两腮毫无血色地深陷着，格外地显露出他的那一双星一般的小眼珠子，使人见了伤心。

他一拐一拐地从头门口撑壁移过来，爬到妈妈的身旁哭着：

"妈妈！爹爹他又打我哩！……他把'猪耳朵'①弟弟吃，不把我吃！……他叫我去守车……我要吃'猪耳朵'呢！……我不守车呢！……"

"好宝宝，好香哥！……'猪耳朵'吃不得呢，你蠱痢啦！……"做妈妈的声音显然已经很酸哽了，"来，不要怕爹爹！不要去守车……妈妈告诉你写字吧！……"

梅春姐忍心地哄着香哥儿。她把 6 年前从黄手里学来的几个可怜的字，在半块破旧的石板上画给他看。她幻想着这孩子还能读书、写字……甚至于同他那死去的爹爹一样。但香哥儿怎么也不肯依她的，他只尽量地把"猪耳朵"的滋味说得那样好吃，又把爹爹的面相说得那样凶残。

"好呢，香哥儿……看妈妈的字吧！……妈妈等等买'猪耳朵'你吃啦！……"

"不，我就要吃，妈妈！"

这要求是深深地为难了母亲的，她失神地朝头门打望着：真正地、丈夫携着那两个使她厌恶的小孩儿走来了，他们的小嘴里还啃着"猪耳朵"。

是旧有的酸心发酵要将香哥儿磨死呢？还是他自家的穷困不能解除而迁怒于香哥儿呢？陈德隆撒了两个小孩的手，又大踏步地冲到梅春姐母子们的面前：

———————————

① "猪耳朵"：一种小孩吃的东西，用面粉做了由油炸出来的，形像猪的耳朵。

"去！小砍头鬼！……同老子守车去！……"

香哥儿死死地把脖子钻进妈妈的怀中。

"哎呀！——妈妈救我啦！……"

忽然地，那块破旧石板上写的两个歪歪斜斜的"黄"字，映到陈德隆的眼中了，那就同两把烈火燃烧了他的心般的，他猛的一脚将石板从小凳子上踢下来，跌成粉碎了！

"好啊！你妈的！还告诉他学那砍头鬼来害我呢！……"他叫着，他张手向她母子扑来！

梅春姐正待要和他争闹时，他已经从她的怀中夺过香哥儿了。他冲出头门，向火热的荒原中飞跑着！

香哥儿叫！……梅春姐叫！……两个小的孩子也在头门口哇哇地哭起来了！

陈德隆将他抓着提过了半里路，就将他猛地一摔——跌落在干枯的稻田中，梅春姐不顾性命地奔来将他抱着。

夜晚，香哥儿便浑身火热，昏昏沉沉地不能爬起来了。梅春姐急的满屋子乱窜！她连忙将小的两个放睡了，就跑出去寻丈夫和医生。

丈夫正趁着夜间的风凉在那里替雇主们车水，他愤愤地不和梅春姐答话。医生却要跑到镇上去才能请得来的。在早年，还有四公公、李六伯伯和关胡子们会一点儿不十分精明的乡下人的医道；然而，现在呢，这些老人们都已经在过荒年时先后死了，村子里就连会写两三味药方的人都找不出。

梅春姐心慌意乱地走回来，在小油灯下望着那可怜的小脑袋，望着那微睁而少光的星星般的小眼睛。她尽量地忍住自己的酸泪，而不让它流出来。

好久好久了，香哥儿忽然吃力地钉着他的妈妈，低声地哼叫着：

"我痛哩！……妈妈，你在哪里啦？……爹爹又打我呢！……"

"妈妈在这里！……宝宝，妈妈在这里呢！爹爹不打你呢！……"

"他打我啦！……他不打弟弟！……妈妈，他为什么单单打我呢？……"

妈妈的眼泪已经很难再忍了。一阵刺心的疼痛、悲愤与辛酸，使她不能自制地失声地说出她的衷情了。

"宝宝，香哥！我的肉啊！……他不是你的爹爹呢！……"

香哥儿的眼睛渐渐地痴呆了起来，额角间冒着两滴冰凉的汗珠子。一忽儿，他的全身又火热着。

"我，我的……爹爹呢？……"

妈妈哑着嗓音靠到他的身边。

"宝宝是没有爹爹的！……宝宝的爹爹——"

香哥儿的身子突然震动一下，他没有来得及等妈妈说出他爹爹的去处来，就又合上他的眼睛了。他仍然哼着，但那声音却几乎同蚊子一般地逐渐低微起来。

"妈呀！…… 我 …… 要 …… 呢，…… 我 …… 的 …… 爹 …… 爹 ……啦！——"

妈妈的头，伏到了他那一冷一热的额角上，她大声地、吃惊地呼叫着。

"宝宝！……怎么啦？……香哥！……"

两个小的却惊醒了，哇哇地叫着，梅春姐急忙将他们送到另一张空置的稻草床上，让他们自家高声地号哭着。

香哥儿的身子终于慢慢地由热而温，由温而冷，而变成了冰凉。他的一双星一般的小眼珠子由牢牢地闭着而又微睁着；但他却是永远地微睁着，而不再闭将下来了。

像从一个万丈深长的山涧上掉下来，像有无数支烧红了的钢针在她的心中穿钻着，梅春姐骤然失掉她的意识和灵魂了。她不知道哭，也不知道悲伤地呆立在那儿好久好久。那两个小的的哭声几乎震翻了半边天地。

丈夫车水回来了。他老远地在黑暗中大呼着：

"你死了吗？你妈的！……你让小孩子们哭死呢！……"

她不做声，也不移动，仍然痴呆了般地站着。她什么都听不见，什么都看不见，一直到丈夫冲到她的面前时。

陈德隆的脸色突然惊悸起来！因为他望见了那小灯斜照着的床铺上的情形。一阵良心的谴责——一阵罪孽的自觉的不安和悔恨，使他惶悚起来。然而，他却仍然倔强而冷酷，仍然故意狠心地冷笑了一声：

"死就死吧！狗东西！……顶好通统死掉了，他妈的大家干净！"

梅春姐忽然由那过度的悲痛的昏沉中苏醒了来。当她感到了自己的一页心肝已经被人摘去了的时候，当她看清了眼前的事物和丈夫的那仍然像毫无感触的面容的时候，她便像一个僵硬了的死人般地倒向床铺去．双手抱着那冰凉了的小尸身打滚！

"天啦！……我的心肝啦！……我的肉啦！……我的苦命的儿啦！……你死都不闭眼睛啦！……"

一切的幻想、希望、计划，与 6 年来扶养孩儿长大的重沉的苦心，只在一刹那间全都摧毁了——变成了一堆湖滨的坟上的泥土。

梅春姐整整地哭了 3 日，不烧饭，不洗衣，不听邻人们的劝慰，也不管丈夫的凶残和孩子们的哭闹。到了第 4 天，她的眼泪也就非常地干枯了，她的声音也就非常地嘶哑了！

她渐渐地由悲哀而沉默，由沉默而又想起了她的那 6 年前的模糊而似乎又是非常清晰的路途来！她慢慢地静思了好久好久！

夜间，她等丈夫又去和人家车水的时候，用了一种很大的决心的努力，打好了一个小小的衣包；偷偷地让两个由憎恨丈夫而连及到他们的身上来的小孩睡过之后，便轻轻地走出了家门。

她没有留恋，没有悲哀，而且还没有目的地走着。

夜，仍是 6 年前的、7 年前的夜；荒原，仍旧是 6 年前的、7 年前的荒原！……只不过是村中少了些年轻人和老年人的生活；只不过是梅春姐变换了一回 6 年前、7 年前的心情。

"我往哪里去呢？……"在湖滨，她突然地停住了一下。她把头微微地仰向上方。

北斗星拖着一条长长的尾巴，那两颗最大最大的上面长着一些睫毛。一个微红的、丰润的、带笑的面容，在那上方浮动……在它的下面，还闪耀着两颗小的、也长着一些睫毛的星光，一个小的带笑的面容浮动！……并且还似乎在说：

"妈妈！你去罢！你放心吧！……我已经找到我的爹爹啦！……走吧！你

向那东方走吧！……那里明天就有太阳啦！……"

梅春姐痛心地流着两行干枯眼泪！她是在那里站了，望了好久好久，才又走开的。

在旷野，那老黄瓜——那永远也讨不到女人的欢心的独身汉的歌声，又飘扬起来钻进梅春姐的耳中了。但那完全丧失了他 6 年前、7 年前的音调，听来就好像已经变成了一种饥饿与孤独的交织的哀号。

十七八岁的娇姐呀～没人瞅啦～

跪到情哥面前～磕响头！……

……

……

1935 年 3 月，初稿。

1936 年 8 月，增补，修正。

（原载于《星》，1936 年 12 月，上海文化生活出版社）

还乡杂记

一、湖上

太阳快要挤到晚霞中去了，只剩下半个淡红色的面孔，吐射出一线软弱的光芒，把我和我坐的一只小船轻轻的笼罩着。风微细得很，将淡绿色的湖水吹起一层皱纹似的波浪。四面毫无声息。船是走得太迟缓了，迟缓得几乎使人疑心它没有走。像停泊着在这四望无涯的湖心一样。

"不好摇快一点吗？船老板。"

"快不来啊！先生。"船老板皱着眉头苦笑了一笑。

我心里非常难过，酸酸地、时时刻刻想掉下泪来：什么缘故？连我自己也说不清楚。不过，我总觉得这么一次的转念还乡，是太出于意料之外了。故乡，有什么值得我的怀恋的呢？一个没有家，没有归宿的年轻孩子，漂流着在这一个吃人不吐骨子的世界，家、故乡、归宿什么啊？这些在我的脑子里，是找不出丝毫痕迹的。我只有一股无名的悲愤，找不到发泄的无名的悲愤：对故乡，对这不平的人世，对家，也对自己。

然而，我毕竟是叫了一只小船，浮在这平静的湖水中，开始向故乡驶去了。为什么呢？单纯的友谊吧？是的，如果朋友们都健康无恙，也许我还不至于转念还乡；不过，这只是一个片面的原因啊。还有什么呢？隐藏着在我的心中的，是一种说不出来的酸楚。我牢牢地闭着眼睛，把一个为儿子流干了老泪的、白发的母亲的面容，搬上了我的脑海。

我又重新地感受到烦躁和不安。

我轻轻地从船舱中钻出来，跳到船头上。船老板望着我做了一个"当心掉下水去"的眼色，我只点了一点头，便靠着船篷，纵眼向湖中望去。

太阳已经全身殒灭了。晚霞的颜色反映到湖面上成了一片破碎的金光。前路什么都瞧不见，水平线上模糊的露出几片竹叶似的帆尖，要好久好久才能够看到那整个的船身出现；然后走近，掠过，流到后方……后方，便是我们这小船刚才出发的 X 县城了。虽然我们离城已有十来里路了，但霞光一灭，那城楼上面的几点疏星似的灯光，却还可以清晰的数得出来。

"啊！朋友们啊！但愿你们都平安无恙！"我望着那几点灯光默祝着，回头，我便向船老板问道：

"走得这样慢，什么时候才能够到豪镇呢？"

"急什么啊？先生。行船莫问。反正你先生今晚非到豪镇住宿一夜不可。到益县，要明天下午才有洋船呀。"

"是的！不过你也要快一点呀！"

船老板又对我苦笑了一笑。我们中间只沉默了四五分钟；然后，他便开始对我说了许多关于他们的生活的话。他说：他们现在的生意是比从前难做了。湖中的坏人一天一天的加多。渡湖的客人不大放心坐民船，都赶着白天的大洋船去了。所以他们一个月中间做不了几趟渡湖的生意。养不活家，养不活自己。虽然湖中常常有人来邀他入伙，但他不愿意干那个，都是太坏良心的事情……

我没有多和他答话。一方面是我自家的心绪太坏了，说不出什么话来；一方面我对他这一席不肯入伙的话，也怀着一点儿"敬而远之"的恐怖的心境，虽然我除了一条破被头以外别无长物。

到豪镇是午夜 12 点多钟了。我在豆大的油灯下数了三串铜板给他做船钱，他很恭敬地向我推让着：

"先生，多呢。两串就够了。"

"不要客气，太少了。"

他接着又望我笑了一笑，表示非常感激的样子。我这才深悔我刚才对他的疑心是有点太近于卑劣的。

二、在小饭店中

在小饭铺中，两天没有等到洋船，心里非常焦躁。

豪镇，是一个仅仅只有十多家店铺的小口岸。因为地位在湖和江的交流处，虽然商业不繁盛，但在交通上却是一个非常重要的地方。

只有四五年不曾从此经过，情境是变得几乎使人认不出来了。几家比较大的商店都关了门，门上贴着各种各样的封条和债主们的告白。从门缝里望进去，里面阴森森，堆积着几寸厚的灰尘，除了几件笨重的什物以外，便什么都没有了。

小饭铺也比从前少了两三家，为的是生意太冷淡了。来往的客人，花二三百钱住宿是有的，吃饭的却一天到晚难遇到一两个。因为客人出门谁都愿带干粮，不愿花一千或八百钱来吃一餐饭。所以小饭铺也一天一天稀少了。就算是光留客人住宿吧，也还要自己家里有年轻的媳妇儿或女儿，在店外招揽客人才行啊。

我住的这一家小饭铺，是一个中年的寡妇开的。她有一个 8 岁的儿子和一个 11 岁的童养媳。三个人的生活，总算还能够靠这小饭铺支持下来。

"你说你们的生意没有她们几家的好，那是什么原因呢？"实在闷得心焦起来了，我便开始和这中年的寡妇搭讪着。

"还有什么原因呢？她们家家都有年轻的标致的女人。"

"你为什么不也去找一两个来掌柜呢？"

"哪里找啊！自己太老了；媳妇儿太年轻了！唉！死路一条啊。先生！"

"死路一条？"我吃了一惊地瞪着眼睛望着她。她的脸色显得非常阴郁了。眼角上还滚出来一挂泪珠儿。

"是啊！三个人吃；还要捐、税，团防局里月月要送人情，客人又没有！"

"啊！"我同情地。

"还有，还有，欠的债……"她越说越伤心了，样子像要嚎啕大哭起来。

我没有再作声。

突然，外面走进了一个穿长袍、手上带着金戒指、样子像一个读书人的。老板娘便搓了搓眼泪跑去招呼了。

我便独自儿跑出店门，在江边闲散着。洋船仍旧没有开来的。为着挂念那几个病着的朋友，心中更加感到急躁和不安。

吃晚饭的时候，那个戴金戒指的人坐在我的对面，老板娘一面极端地奉承他，一面叫那个大东瓜那么高的媳妇儿站在旁边替我们添饭。

那个家伙的眼睛不住地在那个小媳妇儿的身上溜来溜去。

晚饭后，我又走开了，老远的仿佛看到那个家伙在和老板娘讲什么话儿。老板娘叹一阵气，流一阵泪，点了一点头，又把那个东瓜大的媳妇儿看了两眼。以后，就没有说什么了。

我不懂他们是弄的什么玄虚。

夜晚，大约是 12 点钟左右吧，我突然被一种惨痛的哭声闹醒来了。那声音似乎是前面房间里那个小媳妇儿发出来的，过细一听，果然不错。

我的浑身立刻紧张起来。接着，便是那个家伙的声音，像野兽：

"不要哭！哭，你婆婆明天要打你的。"

然而，那个是哭得更加凄惨了。我的心中起了一阵火样的愤慨。我想跑过去，像一个侠客似的去拯救这个无辜的孩子。但是，我终于没有那样做，什么原因？我自己也想不清楚。

这一夜，我就瞪着眼睛没有再入梦了。

三、变了

离开豪镇是第三天的下午一点钟。在小洋船上，我按住跳动的心儿，拿着一种冷静的、残酷的眼光，去体认这个满地荒凉的、久别了的故乡的境况。当小洋船驶进到毛角口的时候，我的心弦已经扣得紧紧了。

羊角，沙头……一个个沿河的村落，在我的眼前渐渐地向后方消逝了。我凝神地，细心地去观察这些孩提时候常到的地方。最初，我看不出来什么变动：好像仍旧还是这么可爱的、明媚的山水；真诚的、朴实的、安乐无忧的人物。我想把我孩提时代的心境重温过来，像小鸟一样地去赏玩那些自然界的美丽。可是，突然，我的眼睛不知道是怎样的一花，我面前的景物便完全变了。我看见的不是明媚的山水，而是一个阴气森森的、带着一种难堪的气味的地狱。村落，十个有九个是空空的，房屋很多都坍翻了，毁灭了，田园都荒芜了。人，血肉都像被什么东西吸光了，只剩下一张薄皮包着骨子，僵尸似的，在那里往来摇晃着，饥饿燃烧着他们，使他们不得不发出一种锐声哀叫。不仅是这样啊！并且，我还看见了一些到处都找不到归宿的、浮荡的冤魂，成群结队地向我坐的这个小洋船扑来了。我惊慌失措地急忙躲进到船舱里，将眼睛牢牢地闭着，不敢打开。这样一直到天黑了，船也靠了岸了。我才挤入人丛中，夹着那一条破被条儿，在益县的万家灯火中，渡过小河，向自己的村庄走去。

心里感到一种异样的羞惭与恐怖。要不是为着几个病着的朋友，我真懊悔不应当回家的。在外漂流了四五年，有一点什么成绩能够拿出来给关心我和期望着我的人们看呢？什么都没有啊！我自己知道；除了一颗火样的心和一个不曾污坏的灵魂之外。

惶恐地，我拖着沉重的脚步，低着头，在这一条黑暗的小石子路上走着，想着……

是什么时候跑到家的，我记不起来了。

小油灯下，白发的妈妈坐在我的对面。我简单地向她说明了这一次回家的原因之后，便望着她伤心地痛哭起来。她也流泪了，无可奈何地，她只好用慈祥的话儿向我抚慰着：

"孩子！你不要急，不要哭！妈是会原谅你的。急又有什么用处呢？赶快把朋友的事情弄好了，仍旧去奔你的前程去。这世界，不要留在家里。你知道吗？家里的情形全变了啊……"

"变了？"我揩干了眼泪。

"是的，变了！现在是有田不能种了。捐、税、水、旱……闲着又捞不到吃的。而且很多事都坏了。明天，你看，偌大一个村子里，寻不到两三个年轻人。田都荒了啊！……"

"那是什么原因呢？六哥、汉弟弟、槐清、太生，不都是年轻人吗？……"

"变了啊！明天你就知道的。"

我带着惊异的眼光，和妈妈对坐到天亮。

不一会儿，族伯父、叔父、姑爹……四五个老头儿，都眼泪婆婆地跑来了：

"德哥儿，回了，你好呀！"

"好？……"我心里感受到一阵刀割样的难过，"你们各位老人都好呀？"

"好?!"凄然的。

"六哥呢？"

"你六哥！……"

"汉弟弟呢？……"

"汉弟！……"

于是有两个便放声大哭起来了。一边断续地说："还是德哥儿你们读书人好！……不管天干，不管大水，不要完租纳税……可以到处跑！像你六哥……唉！你汉弟死得好苦啊！……田没有人种！我们，老了！……德哥儿，你看，外面的田！呜，呜——"

"啊！"我半晌做不出声来。是的，我是一个"读书人"！多么安逸的读书人啊！像有一根烧红了的铁索，把我的浑身捆得绷紧！我连哭都哭不出来了。

"是的，一切都变了！索性变罢！妈的！把这整个儿世界都变了罢！"我随着伯叔父们到荒芜了的田园中去查看了一阵，心里不觉得是这样的叫了起来。

四、有什么值得我的留恋呢？

在家里住了两天，跑到两个朋友家里，告诉了朋友们的病况，要他们派人到×县医院去招呼。之后，我就没有出过大门了。我还没有预备即刻就离开故乡。一方面我是不放心朋友们，想等一个平安的消息；一方面，我是被某一种心情驱使了，本想把这一个破碎不堪的故乡，用一种什么方法去探索它一个究竟。

最初，我恳切地询问我的妈妈、伯叔们，我没有得到要领！他们告诉我的虽然也有不可抑止的悲愤，但那只是一些模糊的、浮表的大概。不安天命，好像是那些不幸的年轻兄弟，也都有些咎有应得似的，我也没有多问了。一直到我的一位也被称为读书人的表哥特地跑来看我的时候。

表哥是一位书呆子的小学教师，在小时候，我们是好朋友，所以我们特别说得来。他一到我家里，便把我拖到外面：旷野、山中、小小的湖上。我们没有套言，没有顾忌，任性的谈到天，谈到地，谈到痛苦的漂流，然后又谈到故乡的破碎和弟兄们的消散。最后，他简直感愤得几乎痛哭失声了：

"……德弟，这一些，都是我亲眼看见的。大水后，又是一年干旱。大家都没得吃！还要捐，他们年纪轻轻，谁能耐得住，搞那个，是真的！我亲眼看见的！他们还来邀我，我……唉！德弟，如何能怪他们啊！讲命运，是死！不讲命运，也是死！德弟！他们，多可怜啊！只有一夜，一夜，唉！唉！你看！………

他越说越伤心了。我的眼泪烫热烫热地流下来。我什么都明白了。我认着每一个小小的墓碑，深深地留下一个永恒的纪念。

过度的悲伤，使我不愿意再在这一个破碎的故乡逗留了，只要朋友们能够给我一个平安的消息。然而，我终于连这一点儿最渺小的希望都破碎了。过了一天，一个朋友的哥哥泪容满面地跑来告诉我：他的弟弟，当他跑到×县医院中去探问的时候，已经不治了！是医院不负责，是他带少了钱。还有一个呢，据说也是靠不住的。

我仰望着惨白的云天，流着豆大一点的忏悔的眼泪。我深深地感觉到：我不但是失掉了可爱的年轻的兄弟，就是连两个要好的朋友都别我而走了！孤独、感伤，在这人生的艰险的道路上，我不知道我将要怎样的去旅行啊！

终于，我又咬紧着牙关，忍心地离别了我的白发老母，夹着那一条破被条儿，悄悄地搭上了小洋船，向这渺茫的尘海中闯去！

故乡有什么值得我的留恋呢？要是它永远没有光明，要是我的妈妈能永远健在，我情愿不再回来。

（原载于1934年7月27日至31日《中华日报》副刊《动向》）

长江轮上

深夜，我睡得正浓的时候，母亲突然将我叫醒：

"汉生，你看！什么东西在叫？……我刚刚从船后的女茅房里回来……"

我拖着鞋子。茶房们死猪似的横七横八地倒在地上，打着沉浊的鼾声。连守夜的一个都靠着舱门睡着了。别的乘客们也都睡了，只有两个还在抽鸦片，交谈着一些令人听不分明的、琐细的话语。

江风呼啸着。天上的繁星穿钻着一片片的浓厚的乌云。浪涛疯狂地打到甲板上，拼命似的，随同泡沫的飞溅，发出一种沉锐的、创痛的呼号！母亲畏缩着身子，走到船后时，她指着女厕所的黑暗的角落说：

"那里！就在那里……那里角落里！有点什么声音的……"

"去叫一个茶房来？"我说。

"不！你去看看，不会有鬼的……是一个人也不一定……"

我靠着甲板的铁栏杆，将头伸过去，就有一阵断续的凄苦的呜咽声，从下方，从浪花的飞溅里，飘传过来：

"啊哟……啊啊哟……"

"过去呀！你再过去一点听听看！"母亲推着我的身子，关心地说。

"是一个人，一个女人！"我断然回答着，"她大概是用绳子吊在那里的，那根横着的铁棍子下面……"

15 分钟之后，我遵着母亲的命令，单独地、秘密而且冒险地救起了那一个受难的女人。

她是一个大肚子，一个 40 岁上下的乡下妇人。她的两腋和胸部都差不多给带子吊肿了。当母亲将她拉到女厕所门前的昏暗的灯光下，去盘问她的时候，她便映着一双长着萝卜花瘤子的小眼，惶惧地、幽幽地哭了起来。

"不要哭呢！蠢人！给茶房听见了该死的……"母亲安慰地、告诫地说。

她开始了诉述她的身世，悲切而且简单：因为乡下闹灾荒，她拖着大肚子，想同丈夫和孩子们从汉口再逃到芜湖去，那里有她的什么亲戚。没有船票，丈夫孩子们在开船时都给茶房赶上岸了，她偷偷地吊在那里，因为是夜晚，才不曾被人发觉……

母亲朝我悠长地叹了一口气说：

"两条性命啊！几乎……只要带子一断……"回头再对着她，"你暂时在这茅房里藏一藏吧，天就要亮了。我们可以替你给账房去说说好话，也许能把你带到芜湖的……"

我们仍旧回到舱中去睡了。母亲好久还在叹气呢！……但是，天刚刚一发白，茶房们就哇啦哇啦地闹了起来！

"汉生！你起来！他们要将她打死哩！……"母亲急急地跺着脚，扯着我的耳朵。她不知道在什么时候爬起来了。

"谁呀？"我睡意朦胧地，含糊地说。

"那个大肚子女人！昨晚救起来的那个！……茶房在打哩！……"

我们急急地赶到船后，那里已经给一大群早起的客人围住着。一个架着眼镜披睡衣的瘦削的账房先生站在中央，安闲地咬着烟卷，指挥着茶房们的拷问。大肚子女人弯着腰，战栗地缩成一团，从散披着的头发间晶晶地溢出血液。旁观者的搭客，大抵都像看着把戏似的，觉得颇为开心；只有很少数表示了"爱莫能助"似的同情，在摇头、吁气！

我们挤到人丛中了，母亲牢牢地跟在我的后面。一个拿着棍子的歪眼的茶房，向我们装出了不耐烦的脸相。别的一个，麻脸的、凶恶的家伙，睁着狗一般的黄眼睛，请示似的、向账房先生看了一眼，便冲到大肚子的战栗的身子旁边，狠狠地一脚——

那女人尖锐地叫了一声。打了一个滚，四脚立刻伸开来，挺直在地上！

"不买票敢坐我们外国人的船，你这烂污货！……"他赶上前来加骂着，俨然自己原就是外国人似的。

母亲急了！她挤出去拉住着麻子，怕她踢第二脚；一面却抗议似的责问道：

"你为什么打她呢？这样凶！……你不曾看见她的怀着小孩的肚子吗？"

"不出钱好坐我们外国人的船吗？"麻子满面红星地反问母亲；一面瞅着他的账房先生的脸相。

"那么，不过是——钱喽……"

"嗯！钱！……"另外一个茶房加重地说。

母亲沉思了一下，没有来得及想出来对付的办法，那个女人便在地上大声地呻吟了起来！一部分的看客，也立时开始了惊疑的、紧急的议论。但那个拿棍子的茶房却高高地举起了棍子，企图继续地扑打下来。

母亲横冲去将茶房拦着，并且走近那个女人的身边，用了绝大的怜悯的眼光，看定她的大肚子。突然地，她停住了呻吟，浑身痉挛地缩成一团，眼睛突出，牙齿紧咬着下唇，喊起肚子痛来了！母亲慌张地弯着腰，蹲了下去，用手替她在肚子上慢慢地、一阵阵地，抚摸起来。并且，因了过度的愤怒的缘故，大声地骂詈着残暴的茶房，替她喊出了危险的、临盆的征候！

看客们都纷纷地退后了。账房先生嫌恶地、狠狠地唾了一口，也赶紧走开了，茶房们因为不得要领，狗一般地跟着，回骂着一些污秽的恶语，一直退进到自己的舱房。

我也转身要走了，但母亲将我叫住着，吩咐立即到自己的铺位子上去，扯下那床黄色的毯子来；并且借一把剪刀和一根细麻绳子。

我去了，匆忙地穿过那些探奇的、纷纷议论的人群，拿着东西回来的时候，母亲已经解下那个女人的下身了。地上横流着一大滩秽水。她的嘴唇被牙齿咬得出血，额角上冒出着豆大的汗珠，全身痛苦地、艰难地挣扎着！她一看见我，就羞惭地将脸转过去，两手乱摇！但是，立时间，一个细小的红色的婴儿，秽血淋漓地钻出来了！在地上跌了一个翻身，哇哇地哭诉着她那不可知的命运！

我连忙转过身去。母亲费力地喘着气，约有五六分钟久。才将一个血淋淋的胎衣接了出来，从我的左侧方抛到江心的深处。

"完全打下来的！"母亲气愤地举着一双血污的手对我说，"他们都是一些凶恶的强盗！……那个胎儿简直小得带不活，而他们还在等着向她要船钱！"

"那么怎么办呢？"

"救人要救彻！……"母亲用了毅然地、慈善家似的口吻说。"你去替我要一盆水来，让我先将小孩洗好了再想办法……"

太阳已经从江左的山岸中爬上来一丈多高了。江风缓和地吹着，完全失掉了它那夜间的狂暴的力量。从遥远的、江流的右岸的尖端，缓缓地爬过来了一条大城市的尾巴的轮廓。

母亲慈悲相地将孩子包好，送到产妇的身边，一边用毯子盖着，一边对她说：

"快到九江了，你好好地看着这孩子……恭喜你啊！是一个好看的小姑娘哩！……我们就去替你想办法的……"

产妇似乎清醒了一些，睁开着凄凉的萝卜花的眼睛，感激地流出了两行眼泪。

在统舱和房舱里（但不能跑到官舱间去），母亲用了真正的慈善家似的脸相，叫我端着一个盘子，同着她向搭客们普遍地募起捐来。然而，结果是大失所望。除了一两个人肯丢下一张当一角或两角的钞票以外，剩下来的仅仅是一些铜元；一数，不少不多，刚刚合得上大洋一元三角。

母亲深沉地叹着气说："做好事的人怎么这样少啊！"从几层的纸包里，找出自己仅仅多余的一元钱来，凑了上去。

"快到九江了！"母亲再次走到船后，将铜板、角票和洋钱捏在手中，对产妇说，"这里是二元多钱，你可以收藏一点，等等账房先生来时你自己再对他说，给他少一点，求他将你带到芜湖！……当然，"母亲又补上去一句，"我也可以替你帮忙说一说的……"

产妇勉强地挣起半边身子，流着眼泪，伸手战栗地接着钱钞，放在毯子下。但是，母亲却突然地望着那掀起的毯子角落，大声地呼叫了起来：

"怎么！你的孩子？……"

那女人慌张而且惶惧地一言不发，让眼泪一滴赶一滴地顺着腮边跑将下来，沉重地打落在毯子上。

"你不是将她抛了吗？你这狠心的女人！"

"我，我，我……"她嚅嚅地，悲伤地低着头，终于什么都说不出。

母亲好久好久地站立着，眼睛钉着江岸，钉着那缓缓地爬过来的、九江的繁华的街市而不做声。浪花在船底哭泣着，翻腾着！——不知道从哪一个泡沫里，卷去了那一个无辜的、纤弱的灵魂！……

"观世音娘娘啊！我的天啊！一条性命啊！……"

茶房们又跑来了，这一回是奉了账房先生的命令，要将她赶上岸去的。他们两个人不说情由地将她拖着，一个人替她卷着我们给她的那条弄满血污的毯子。

船停了。

母亲的全部慈善事业完全落了空。当她望着茶房们一面拖着那产妇抛上岸去，一面拾着地上流落的铜板和洋钱的时候，她几乎哭了起来。

（原载于 1935 年 8 月 26 日、27 日、28 日《申报》副刊《自由谈》）

岳阳楼

诸事完毕了，我和另一个同伴由车站雇了两部洋车，拉到我们一向所景慕的岳阳楼下。

然而不巧得很，岳阳楼上恰恰驻了大兵，"游人免进"。我们只得由一个车夫的指引，跨上那岳阳楼隔壁的一座茶楼，算是作为临时的替代。

心里总有几分不甘。茶博士①送上两碗顶上的君山茶，我们接着没有回话。之后才由我那同伴发出来一个这样的议论："'不入虎穴，焉得虎子！'我们不如和那里面的驻兵去交涉交涉！"

由茶楼的侧门穿过去就是岳阳楼。我们很谦恭地向驻兵们说了很多好话，结果是：不行！

心里更加不乐，不乐中间还带了一些儿愤慨的成分，闷闷地然而又发不出脾气来。这时候我们只好站在城楼边，顺着茶博士的手所指着的方向，像看电影画面里的远景似的，概略地去领略了一点儿"古迹"的皮毛。我们知道了那兵舍的背面有一块很大的木板，木板上刻着的字儿就是传诵千古的《岳阳楼记》。我们知道了那悬着一块"官长室"的小牌儿的楼上就是岳阳楼。那里面还有很多很多古今名人的匾额，那里面还有纯阳祖师的圣像和白鹤童子的仙颜，那里面还有——据说是很多很多，可是我们一样都

---

① 茶博士：茶楼的服务员。

不能看到。

"何必呢?"我的同伴有点不耐烦了,"既然逛不痛快,倒不如回到茶楼上去看看山水为佳!"

我点了点头。茶博士这才笑嘻嘻地替我们换上两壶热茶,又加上点心和瓜子,把座位移近到茶楼边上。

湖,的确是太美丽了:淡绿微漪的秋水,辽阔的天际,再加上那远远竖立在水面的君山,一望简直可以连人们的俗气都洗个干净。小艇儿鸭子似的浮荡着,像没有主宰;楼下穿织着的渔船,远帆的隐没,处处都欲把人们吸入到图画里去似的。我不禁兴高采烈起来了:"啊啊,难怪诗人们都要做山林隐士,要是我也能在这里作一个优游水上的渔民,那才安逸啊。"回头,我望着茶博士羡慕似的笑道:

"喂!你们才快活啦!"

"快活?先生?"茶博士莫明其妙地吃了一惊,苦笑着。

"是呀!这样明媚的湖山,你们还不快活吗?"

"快活!先生,唉!……"茶博士又愁着脸儿摇了摇头,半晌没有下文回答。

我的心中却有点儿生气了。也许是这家伙故意来扫我的兴的吧,不由得追问了他一句:"为什么不快活呢?"

"唉!先生,依你看也许是快活的啊!……"

"为什么呢?"

"这年头,唉!先生,你不知道呢!"茶博士走近前来,"光是这岳阳楼下,唉!不像从前了啊!先生,你看那个地方就差不多每天都有人来上吊的!"他指那悬挂在城楼边的那一根横木,"三更半夜,驾着小船儿,轻轻靠到那下面,用一根绳子……唉!一年到头不知道有多少啊!还有跳水的……"

"为什么呢?"

"为什么!先生,吃的、穿的、天灾、水旱、兵,鱼和稻又卖不出钱,捐税又重!……"看他的样子像欲哭。

"那么,你为什么也不快活呢?"

"我，唉！先生，没有饭吃，跑来做堂倌，偏偏又遇着老板的生意不好！……"

"啊——"我长长地答了一声。

接着，他又告诉了我许多许多。他说：这岳阳楼的风水很多年前就坏了，现在已经不能够保佑岳州的人了，无论是种田、做生意、打鱼、开茶馆……没有一个能够享福赚钱的。纯阳祖师也不来了，到处都是死路了。湖里的强盗一天一天加多，来往的客商都不敢从这儿经过，尤其是游君山和游岳阳楼的，年来差不多快要绝踪。况且，两个地方都还驻扎着有军队……

我半晌没有回话。一盆冷水似的，把我的兴致都泼灭完了。我从隐士和渔民的幻梦里清醒过来，头不住地一阵阵往下面沉落！我低头再望望那根城楼上的横木，望望那些渔船，望望水，望望君山，我的眼睛会不知不觉地起着变化，变化得模里模糊起来，黑暗起来，美丽的湖山全部幻灭了。我不由得引起一种内心的惊悸！

之后，我催促着我的同伴快些会过账，像战场上的逃兵似的，我便首先爬下了茶楼，头也不回地，就找寻着原来的路道跑去。

一路上，我不敢再回想那茶博士所说的那些话。我觉得我非常庆幸，我还没有真正地做一个岳阳楼下的渔民。至少，在今天，我还能够比那班渔民们多苟安几日。

（原载于 1935 年 1 月 1 日《文学》4 卷 1 期）

古渡头

太阳渐渐地隐没到树林中去了，晚霞散射着一片凌乱的光辉，映到茫无际涯的淡绿的湖上，现出各种各样的彩色来。微风波动着皱纹似的浪头，轻轻地吻着沙岸。

破烂不堪的老渡船，横在枯杨的下面。渡夫戴着一顶尖头的斗笠，弯着腰，在那里洗刷一叶断片的船篷。

我轻轻地踏到他的船上，他抬起头来，带血色的昏花的眼睛，望着我大声地生气地说道：

"过湖吗，小伙子？"

"唔，"我放下包袱，"是的。"

"那么，要等到天明哕。"他又弯腰做事去了。

"为什么呢？"我茫然地。

"为什么，小伙子，出门简直不懂规矩的。"

"我多给你些钱不能吗？"

"钱？你有多少钱呢？"他的声音来得更加响亮了，教训似的。他重新站起来。抛掉破篷子，把斗笠脱在手中，立时现出了白雪般的头发，"年纪轻轻，开口就是'钱'，有钱就命都不要了吗？"

我不由得暗自吃了一惊。

他从舱里拿出一根烟管，用粗糙的满是青筋的手指燃着火柴。眼睛越加显得细小，而且昏黑。

"告诉你，"他说，"出门要学一点乖！这年头。你这样小的年纪……"他饱饱地吸足着一口烟，又接着，"看你的样子也不是一个老出门的。哪里来呀？"

"从军队里回来。"

"军队里？……"他又停了一停，"是当兵的吧。为什么又跑开来呢？"

"我是请长假的。我的妈病了。"

"唔！……"

两个人都沉默了一会儿，他把烟管在船头上磕了两磕，接着又燃第二口。

夜色苍茫地侵袭着我们的周围，浪头荡出了微微的合拍的呼啸。我们差不多已经对面瞧不清脸膛了。我的心里偷偷地发急，不知道这老头子到底要玩个什么花头。于是，我说：

"既然不开船，老头子，就让我回到岸上去找店家吧！"

"店家，"老头子用鼻子哼着，"年轻人到底是不知事的。回到岸上去还不同过湖一样的危险吗？到连头镇去还要退回七里路。唉！年轻人……就在我这船中过一宵吧。"

他擦着一根火柴把我引到船艘后头，给了我一个两尺多宽的地位。好在天气和暖，还不至于十分受冻。

当他再擦火柴吸上了第三口烟的时候，他的声音已经比较地和缓得多了。我睡着，一面细细地听着孤雁唳过寂静的长空，一面又留心他和我所谈的一些江湖上的情形，和出门人的秘诀。

"……就算你有钱吧，小伙子，你也不应当说出来的。这湖上有多少歹人啊！我在这里已经驾了 40 年船了……我要不是看见你还有点孝心，唔，一点孝心……你家中还有几多兄弟呢？"

"只有我一个人。"

"一个人，唉！"他不知不觉地叹了一声气。

"你有儿子吗，老爹？"我问。

"儿子！唔……"他的喉咙哽住着，"有，一个孙儿……"

"一个孙儿，那么，好福气啦。"

"好福气？"他突然地又生起气来了，"你这小东西是不是骂人呢？"

"骂人？"我的心里又茫然了一回。

"告诉你，"他气愤地说，"年轻人是不应该讥笑老人家的。你晓得我的儿子不回来了吗？哼！……"歇歇，他又不知道怎么的，接连叹了几声气，低声地说，"唔，也许是你不知道的。你，外乡人……"

他慢慢地爬到我的面前，把第四根火柴擦着的时候，已经没有烟了，他的额角上，有一根一根的紫色的横筋在凸动。他把烟管和火柴向舱中一摔，周围即刻又黑暗起来……

"唉！小伙子啊！"听声音，他大概已经是很感伤了。"我告诉你吧，要不是你还有点孝心，唔！……我是欢喜你这样的孝顺的孩子的。是的，你的妈妈一定比我还欢喜你，要是在病中看见你这样远跑回去。只是，我呢？唔……我，我有一个桂儿……"

"你知道吗？小伙子，我的桂儿，他比你还大得多呀！……是的，比你大得多。你怕不认识他吧？啊你，外乡人……我把他养到你这样大，这样大，我靠他给我赚饭吃呀！……"

"他现在呢？"我不能按捺地问。

"现在，唔，你听呀！……那个时候．我们爷儿俩同驾着这条船。我，我给他收了个媳妇……小伙子，你大概还没有过媳妇儿吧。唔，他们，他们是快乐的！我，我是快乐的！……"

"他们呢？"

"他们？唔，你听呀！……那一年，那一年，北佬来，你知道了吗？北佬是打了败仗的，从我们这里过身，我的桂儿……小伙子，掳伕子你大概也是掳过的吧，我的桂儿给北佬兵拉着，要他做伕子。桂儿，他不肯，脸上一拳！我，我不肯，脸上一拳！……小伙子，你做过这些个丧天良的事情吗？……

"是的，我还有媳妇。可是，小伙子，你应当知道，媳妇是不能同公公住在一起的。等了一天，桂儿不回来；等了 10 天，桂儿不回来；等了一个月，桂儿不回来……"

"我的媳妇给她娘家接去了。"

"我没有了桂儿，我没有了媳妇……小伙子。你知道吗？你也是有爹妈的……我等了8个月，我的媳妇生了一个孙儿，我要去抱回来，媳妇不肯。她说：'等你儿子回来时。我也回来。'"

"小伙子！你看，我等了一年，我又等了两年，三年……我的媳妇改嫁给卖肉的朱胡子了，我的孙子长大了。可是，我看不见我的桂儿，我的孙子他们不肯给我……他们说：'等你有了钱，我们一定将孙子给你送回来。'可是，小伙子，我得有钱呀！……"

"是的，6年了，算到今年，小伙子，我没有做过丧天良的事，譬如说，今天晚上我不肯送你过湖去……但是，天老爷的眼睛是看不见我的，我，我得找钱，结冰、落雪，我得过湖；刮风、落雨，我得过湖……"

"年成荒，捐重，湖里的匪多，过湖的人少，但是，我得找钱……"

"小伙子，你是有爹妈的人，你将来也得做爹妈的，你老了，你也得要儿子养你的……可是人家连我的孩子都不给我……"

"我欢喜你，唔，小伙子！要是你真的有孝心，你是有好处的，像我，我一定得死在这湖中。我没有钱，我寻不到我的桂儿，我的孙子不认识我，没有人替我做坟。没有人给我烧钱纸……我说，我没有丧过天良，可是天老爷他不向我睁开眼睛……"

他逐渐地说得悲哀起来，他终于哭了。他不住地把船篷弄得呱啦呱啦地响；他的脚在船舱边下力地蹬着。可是，我寻不出来一句能够劝慰他的话，我的心头像给什么东西塞得紧紧的。

"就是这样的，小伙子，你看，我还有什么好的想头呢？——"

外面风浪渐渐地大了起来。我的心头也塞得更紧更紧了。我拿什么话来安慰地呢？这老年的不幸者。

我翻来覆去地睡不着，他翻来覆去地睡不着。我想说话，没有说话；他想说话，他已经说不出来了。

外面越是黑暗，风浪就越加大得怕人。

停了很久，他突然又大大地叹了一声气：

"唉！索性再大些吧！把船翻了，免得久延在这世界上受活磨！——"以后便没有再听到他的声音了。

可是，第二天，又是一般的微风、细雨。太阳还没有出来，他就把我叫起了。

他仍旧同我昨天上船时一样，他的脸上丝毫看不出一点异样的表情来，好像昨夜间的事情，全都忘记了。

我目不转睛地瞧着他。

"有什么东西好瞧呢？小伙子！过了湖，你还要赶你的路程呀！"

"要不要再等人呢？"

"等谁呀？怕只有鬼来了。"

离开渡口，因为是走顺风，他就搭上橹，扯起破碎风篷来。他独自坐在船艄上，毫无表情地捋着雪白的胡子，任情地高声地朗唱着：

我住在这古渡的前头六十年，

我不管地，也不管天，

我凭良心吃饭，我靠气力赚钱！

有钱的人我不爱，无钱的人我不怜！

……

……

（选自《叶紫选集》，1955 年 3 月，人民文学出版社）

流亡

一、在第二道战壕里

苦战两日夜，好容易保全了性命，由第一防线退换到第二道战壕里时，身体已经不是我们自己的了。耳朵听不见，眼睛看不见，天地好像在打旋转。浑身上下，活像橡皮做的，麻木、酸软、毫无力气。口里枯渴得冒出青烟。什么都不想了：无论是鲜鱼、大肉、甘醇的美酒，燕山花似的女人……

"天哪！睡他妈的一礼拜！……"

然而，躺下来，又睡不着。脑子里时刻浮上来一些血肉模糊的幻影，刺骨的疼痛，赶都赶不开。有的弟兄们，偶一睁开眼睛，寻不见他那日常最亲切的同伴了，便又孩子似的哭将起来。

"李子和呀！你死的苦啦！……"

"刘国杰呀！……你妈妈前几天还写了信来叫你回去啦！……"。

声音都是那么悲惨的，然而又不能制止。像有一根无形的带子，牢牢地、凄切地系住着大家的心！

第二道战壕和前线相差不过一里多路，敌人的流弹时刻还可以飞到我们的面前。在炊事兵送上午饭的时候。官长们再三嘱咐我们：无事不要自由走动，好好地养养神，等候着第二次上前的命令。

"鬼话啊，妈的！"低声的，这是照例的反驳。有的甚至于还故意装作不屑听的神气，哼着鼻子，意思是："在火线上啦！妈的，我比你大！……"

之后，仍旧各自躺将下来，在那肮脏的稻草和泥土上，睡的睡，哭的哭；或是举着那带血的眼睛，失神地钉住着惨白的云天，想念着家乡，故旧……

"喂！来呀，李金标！"张班长睡不着，无聊地爬起来了，叫着，"猜拳吗？"

"没有心思啊！班长。"李金标苦笑了一下，摇摇头；随即伸手到裤裆里捉出一个蛮大的白虱来，送到嘴边咬碎了。

班长感到非常扫兴，掉过头来，又问：

"黄文彬，你呢？"

"不，班长！"我说（我的嗓子是沙的），"猜拳不够味儿，让我去把第三班的那几个睡死鬼叫来……"我无力地举起手中的洋瓷碗，骄傲地笑笑。

"鬼东西！"班长会意了。

这引诱力的确大得怕人啊。在往常，谁还敢呢？当我一个一个去推醒那些睡死鬼的时候，只要他们会意了我的手势，没有一个不笑嘻嘻的。他们会拼死拼活地爬起来，想什么的，不想了；欲哭的，也不哭了；十多个人都抱着枪，跟着我围上一个小小的圈儿，外加上那一群不惯这玩意儿的看客。是啊，大家是要借此可以将目前的痛苦忘却呢！

"谁做宝官呢？"

"不要闹，"我说，"让张班长来！"

场面最初是很小的。因为在上火线的前一日，每个人发了两块钱的借支，阵地上没有东西买，还留着；后来便渐渐地干得大起来了。

铜板、光洋，飞着、滚着！……我们任情地说，任情地笑……

特务长走过来，我们笑着向他点点头，邀他也参加一注；排长走过来，我们不理；最后，连长和值星官也都不放心地跑来了。

连长怪生气的，他作出那赶鸡鸭似的手势，恨恨地盯着我们；值星官拿着皮鞭子在空中挥舞着，但不敢打下来。我们，似乎也越干越有劲。谁理他呢？这个时候，我们是应该骄傲啊！

互相对抗了一会，默然地；终于，连长软下来了。他战声地向我们解说着：在火线上，这样干是太不应该的！营长和团长知道了，一定要责罚他，这无异是和他连长一个人作对！……加以，敌人时刻都在注意我们的阵地，几十个人挤成一道，恰巧是给了敌人一个大大的目标！……

我们暂时停住了，都想趁这机会向他放肆反攻几句，气气他；可是，谁都不愿意先开口。

等着正有人准备答话；突然——一颗巨大的炮弹飞过来。在离战壕三四丈远的荒场炸裂了！我们的心头立时紧急着，连长接着便发疯似的怒吼起来：

"还不散开！枪毙！不听话！……"

大家一窝蜂似的散开了！我连忙偷偷地摸着那只洋瓷碗，望张班长做了个鬼脸儿，提着枪，便轻轻地爬到了战壕的最深处。

二、袭击

也许是在夜深的缘故吧，不知道为什么，我们每个人的心里，都觉得格外地悽惶。这时候，双方的枪声却没有响了。月亮冲出那浓密的云围，黯然地、高高地笼罩着这荒凉的世界。那冲淡的远山，那长空悲唳的孤雁……露水，点滴地湿透了我们的心。子弹硌着我们的脊背，枪抱在怀中，想憬然入梦吧，可是，梦全是恐怖的，心灵已经吓碎了！

很多人还睁开着眼睛，钉住着长天；而且，还能从那些变幻的云朵里，层层地抄出来一些教人寻思的线索。只有这个时候，才万籁无声，可以将思潮回溯得长远。从孩提时代，从故乡，从朋友，从日常生活中的苦痛，一直追忆到现在，又由现在推测到明天，到艰难险恶的来日……渐渐地，有些弟兄们的身子发抖了。

这，尤其是整天的恶战所影响于我们的，使我们不得不惶悚。事实，这样艰辛、非人的生活，一年半载……两元钱！家中的娘、老婆、孩子……我们的心头的忧愤！何况，那些不幸的兄弟，那些血肉模糊的幻影，还时刻会惊心动魄地，在我们的面前闪动起来；激昂地，悲痛地，勾引着我们的眼泪呢！

啊，夜啊！这荒凉、冷酷的夜啊！

是三更时候了吧，看见光的地位。官长们轻轻地、神秘地传诵着命令，将我们从幻念中惊醒。揉揉眼睛，耗子似的提着枪，卷着那破碎的军毯，偷偷爬出战壕，轻悄地蠕动着。

最初，弯腰、快步，沿着一条草丛的小道跑过。露水洒遍着我们的下身，凉到脑顶，心中紧促到不能呼吸。到这一刹那间，我们谁都是小心地、惶恐地、凝注着我们的前路。命运已经变成了一个膨胀过度的气球，只要偶一不慎，便有即时破灭的危险！

渐渐，渐渐……由侧方越过第一道防线，跟着侦探尖兵和前卫，向目标移近一步、两步地。有时候，大家都得把身子伏下来，将耳朵贴在地上，听着；连呼吸都得小声。一直要到详细地知道了：前面并无敌人发现，才又继续地蠕动，攀爬……

大约离开我们第一道战壕已经很远了呢，可是我们却还没有发现敌人。官长们注意了缜密的联络，又加厚了侦探兵……

我们重新地又被命令着匍匐在地上。

"这是怎么一回事呢？妈的！"我们的心灵抖战着！

月亮西斜，看看欲被一阵浓云吞没；我们也就跟着不安地加上一层黯淡了。眼前的景物，会更加觉得朦胧，可怕！

"难道就露营在这里了吗？"是谁在哼，那声音比蚊子还细。

"是呀！"我更小声地说，"又没有看见敌人……"

还有人也正想接着谈下去，可是，班长们已经个别地在传诵官长的命令了。这回却是——

"准备！起来！迅速前进！……"

奔扑到一个小山底下，我们终于遇着了敌人。

枪声、炮声……流弹像彗星拖着尾巴。

三、负伤后所见到的

当我清醒过来了，从树林里面钻出来时，我已经瞧不见我们的大队。秋阳和暖地爬上了树顶，眼前的世界照耀得明明白白。我把裹腿撕下一块来，忍痛地将血糊的左手包扎好，匆匆地便去追寻我们的部队。

夜里的印象，像一幅只褪了一半色的惨痛的图画，开展在我的面前；一段是清晰的，一段却模糊了。我不知道我为什么会躲到林子里去的。当战斗猛烈的时候，我还记得：我们的确是像打胜了。弟兄们死伤得很多。后来，似乎又追了一阵，我的手便是在那个时候带花的。但我为什么要躲到林子里去呢？这似乎是一个谜！我不相信我的手痛得会把我的神经错乱得那么厉害，我更不相信有鬼。然而，我把那进林子的动机忘记得干干净净，却又是真的。

我轻了一轻弹带，把枪倒挂在肩头上，下意识地来回想着夜里的事情。手指仍然痛得发战，左手完全拖下来了；像有一把利刃从左臂上一直剖刺到我的心，我的眼泪都要流了出来。我咬紧着牙门，一步高一步低地走着。

远远地瞧不见一个人影子，旷野完全现出一种战后的荒凉气（比夜间还要厉害些）。我隐约地寻觅着夜间的来路，我想能够找到一点什么可堪纪念的战后的痕迹，或者竟能在那些痕迹里，推寻到我们大队的去向亦未可知。然而我的心思却是白费了；沿途除了偶然发现几颗弹壳，三五堆稻草和一些残余的血渍，却什么都没有寻到。我知道，这个时候大队一定去的很远了，不是连死伤的都被担架队运救得干干净净了吗？我不由得又后悔不该躲到林子里躲那么久的，弄得连问个讯都问不到。

漫无目的地，走一会又休息一会。偶然发现了一个小屋子，跑去一看，却又是空的。肚饿，口渴，差不多弄得头昏眼花了。又好久好久，才在一个极为人不注目的偏僻处，找到了一个蓄水的池塘。我连忙解下洋瓷碗，去瓢取了一碗水上来，慢吞吞地喝着。

"啊啊……哟！……"

微风从池塘的对面，吹过来一阵细微的悲切声，把我吓了一跳。我急忙系好碗，兜了一个圈子，跑到那发出声音的地方——

一个浑身沾满泥土和血渍的人，仆卧在地下。

"喂，喂！你，谁呀？"我说。

"啊啊……哟！……"

"不能做声了吗？"我弯腰下去，伸开右手扳着他的肩膀，脚勾着他的腰下，用力地替他转了一个翻身。

"啊啊……哟！……"

我再低头去端详他胸前的番号，却原来是敌人部队里的马夫，胸前和腿子都穿了个洞。

"你怎么弄的呢？"

"我，我……救，救！……水，水……"

"你要吃水吗！……"

"救，救……"声音又渐渐地低下去了。

后来，我用了各种各样的方法，知道了他也是昨晚带花的。因为伤不到要害，所以还不曾死。他忍不住痛，他口渴得要命，他拼命地爬到了这池塘边。想捞一点水喝，却不提防痛昏了，仆转去爬不转来。现在。他要求我救救他，他说：他家中还有五六十岁的老母……

一个人无论伤病到什么程度，明明知道已经没有救药了，却还是贪生的。我对马夫起了不可抑止的同情的悲感。但是，我有什么办法呢？在这荒凉的旷野，担架队已经不见了踪迹。我沉思了一会儿，突然，一种残忍的，毒恶的心理，激荡了我的灵魂。我想把他推到水里去！或者再补上一枪，把他结果了，免得延长苦痛！……然而，我终于没有那样做，因为我的手脚会不知不觉地发着酸。

"好吧，你再等一等啊！我去多叫几个人来……"

"修，修……好！……"他感激地点点头，流出了最后的一滴眼泪！

我仓皇失措地，像离开了一场大祸，头也不回，就翻身逃跑了，似乎后面还有人在追着。沿路上，我望着我那只还在不住疼痛的左手，心中不觉得又是一阵惊悸！

然而，"我今天到什么地方去落脚呢？"一想到这里，便又立刻慌乱起来，把那垂危的马夫的印象淡忘了。

四、解除武装了

当我被那四五个民团解除了武装，用绳子缚住的时候，我的心反而觉得泰然起来了。我知道，同他们去，无论如何一顿饭是少不了要给我吃的，说不定还有香烟抽，还可以好好地睡他妈的一觉。

四五个人中间，只有一个年纪比较很大了的瘦长子和我最说得来。他肩挨肩地伴着我走着。他说：并不是他们弟兄几个故意地要和我为难，他们实在是奉了民团局的命令。他们从五更时候起，一百多人分途在这战区里，搜查了不少的溃兵，和运救伤亡者。这老家伙有一口道地的湖南话，所以和我越说越带劲。

我告诉了他们负伤后落伍的一切情况，并且还说到了在池塘边见到的那个马夫，要求他们去营救。我又说我的肚皮饿得十分厉害了，跟他们去是不是可以饱吃一餐？他们都笑着。

"把我们都捉到你们局里去怎么办呢？"

"不知道啊！大约还是送你们回队吧。"

"回队？"我似乎有些不安了，虽然我也还想回队去，但我却吃不住那沉重的苦头。实在的，我对这千辛万苦的部队生活，渐渐地有些动摇起来了，不过我此时还没有找到一条能比部队生活良好的出路。

我和他们又谈了一些其他的物事，特别是关于他们民团的生活的。他们似乎也对于他们的生活感到厌倦，但那不过是十分模糊的一点儿意思而已。主要的是他们也和我一样，不能找到其他的生活，做一日和尚撞一日钟，何况做民团还比较在部队里生活安稳。

民团局设在一个小乡镇的关帝庙里，那里面已经收容了二十来个伤兵溃兵，有敌人，也有我们自家的兄弟。

我一进去，便看见了两个熟人——张班长和一个姓林的号目。

"你也带花了吗，班长？"

"不，我是在夜间落伍的。老林，他伤了腿子。"

我便从他和老林的口中，得到了一点关于部队的消息：是敌人退了，我们跟着追上去，已经很远很远了。

无聊地躺着、喝着，那民团局长却不敢苛待我们。第三天，便传命令召集我们训话了。

毫无血色的脸，说一句话打一个呵欠：

"……你们弟兄，是很辛苦的，我知道……大家都是替国家出力……譬如说；我当局长，我，我也是蛮辛苦的……嗯！嗯！……"停了一会，打过一个长长的呵欠，用耗子似的眼光望望我们，又说，"受伤的弟兄，我可以送你们到后方医院里去……不曾受伤的，明天，一齐都遣回你们的部队！嗯！嗯！……"

"报告局长！我们不愿意回部队！"

"谁呀？"

"我！我叫黄文彬，我是前天被你们捉来的。"

"我也不愿意回去！"张班长附和了，他是因为没有负伤，怕回去的时候，官长们会无理地捉住他做逃兵办。

"好的，不愿意回去的都站出来！"

我们一共有五个人：张班长、我、还有三个不认识的兄弟。老林不能走动，只好随便他们。

"你们为什么不愿意呢？"

"没有为什么！"那另外的三个弟兄说，"我们要回家！"

"好的，你们去吧！"局长把手一挥，不高兴地走进后院去了。

"那么，我们的枪呢？"

"什么枪？滚！……把枪交给你们去当土匪吗？"

五个人气愤愤地被几个凶恶的民团，赶出了那关帝庙的大门，踏上那艰难的、渺茫的前路。

"没有了枪。哪里去呢？"张班长有点慌张了。

"不要紧!"我说,"只要有活命,还怕没有饭吃!"

张班长点点头,表示了无限的勇气。郑重地和那三个同一命运的弟兄道别之后,便开始了我们那漫无止境的流亡。

(选自《叶紫选集》,1959年3月,人民文学出版社)

夜 的 行 进 曲

为了避免和敌人的正面冲突，我们绕了一个大圈子，退到一座险峻的高山。天已经很晚了，但我们必须趁在黎明之前继续地爬过山去，和我们的大队汇合起来。我们的一连人被派作尖兵，但我们却疲倦得像一条死蛇一样，三日三夜的饥饿和奔波的劳动，像一个怕人的恶魔的巨手，紧紧地捏住着我们的咽喉。我们的眼睛失掉神光了，鼻孔里冒着青烟，四肢像被抽出了筋骨而且打得稀烂了似的。只有一个共同的、明确的意念，那就是：睡、喝和吃东西。喝水比吃东西重要，睡眠比喝水更加重要。

一个伙夫挑着锅炉担子，一边走一边做梦，模模糊糊地连人连担子通统跌入了一个发臭的沟渠。

但我们仍旧不能休息。而且更大的、夜的苦难又临头了。

横阻在我们面前的黑魆魆的高山，究竟高达到如何的程度，我们全不知道。我们抬头望着天，乌黑的、没有星光也没有月亮。不知道从什么地方才能够划分出天和山峰的界限。也许山峰比天还要高，也许我们望着的不是天，而仅仅只是山的悬崖的石壁。总之——我们什么都看不见。

我们盲目地、梦一般地摸索着；一个挨一个地，紧紧地把握着前一个弟兄的脚步。山路渐渐由倾斜而倒悬，而窄狭而迂曲……尖石子像钢刺一般地竖立了起来。

眼睛一朦胧，头脑就觉得更加沉重而昏聩了。要不是不时有尖角石子划破我们的皮肉，刺痛我们的脚心，我们简直就会不知不觉地站着或者伏着睡去了的。没有归宿的、夜的兽类的哀号和山风的呼啸，虽然时常震荡着我们的耳鼓，但我们全不在意；因为除了饥渴和睡眠，整个的世界早就在我们的周围消失了。

不知道是爬在前面的弟兄们中的哪一个。失脚踏翻了一块大大的岩石什么东西，辘辘地滚下无底洞一般的山涧中了。官长们便大发脾气地传布着命令：

"要是谁不能忍耐，要是谁不小心！……要是谁不服从命令！……"

然而接着，又是一声，两声！……夹着锐利的号叫，沉重而且柔韧地滚了下去！

这很显然地不是岩石的坠落！

部队立时停顿了下来。并且由于这骤然的奇突的刺激，而引起了庞大的喧闹！

"怎样的？谁？什么事情？……"官长们战声地叫着！因为不能爬越到前面去视察，就只得老远地打着惊悸的讯问。

"报告：前面的路越加狭窄了！……总共不到一尺宽，而且又看不见！……连侦探兵做的记号我们都摸不着了！……跌下去了两个人！……"

"不行！……不能停在这里！"官长们更加粗暴地叫着，命令着，"要是谁不小心！……要是谁不服从命令！……"

"报告：实在爬不动了！肚皮又饿，口又渴，眼睛又看不见！"

"枪毙！谁不服从命令的？"

三四分钟之后，我们又惶惧、机械而且昏迷地攀爬着。每一个人的身子都完全不能自主了。只有一个唯一的希望是——马上现出黎明，马上爬过山顶，汇合着我们的大队，而不分昼夜地、痛痛快快地睡他一整星期！

当这痛苦的爬行又继续了相当久的时间，而摸着了侦探尖兵们所留下的——快要到山顶了的——特殊的记号的时候，我们的行进突然地又停顿起来了。这回却不是跌下去了人，而是给什么东西截断了我们那艰难的前路！

"报告：前面完全崩下去了！看不清楚有多少宽窄！一步都爬不过去了！

……"

"那么，侦探兵呢?"官长们疑惧地反问。

"不知道!……"

一种非常不吉利的征兆，突然地刺激着官长们的昏沉的脑子！"是的，"他们互相地商量，"应当马上派两个传令兵去报告后面的大队！……我们只能暂时停在这里了。让工兵连到来时，再设法开一条临时的路径！……也许，天就要亮了的！……"

我们认为这是一个意外的、给我们休息的最好机会，虽然我们明知危险性非常大！……我们的背脊一靠着岩壁，我们的脚一软，眼睑就像着了磁石一般地上下吸了拢来，整个的身子飘浮起来了。睡神用了它那黑色的、大的翅翼，卷出了我们那困倦的灵魂！

是什么时候现出黎明的，我们全不知道。当官长命令着班长们个别地拉着我们的耳朵，捶着我们的脑壳而将我们摇醒的时候，我们已经望见我们的后队蜿蜒地爬上来了，而且立时间从对面山巅上，响来了一排斑密的、敌人的凶猛的射击！

"砰砰砰……"

我们本能地擎着枪。拨开了保险机，掩护，便仓皇而且笨重地就地躺将下来，听取着班长们传诵的命令。因为找不到也开始凶残地还击着！……

（原载于 1935 年 2 月 1 日《生生》创刊号）

行军散记

一、石榴园

沿桃花坪，快要到宝庆的一段路上，有好几个规模宏大的石榴园。阴历九月中旬，石榴已经长得烂熟了；有的张开着一条一条的娇艳的小口，露出满腹宝珠似的水红色的子儿，逗引着过客们的涎沫。

我们疲倦得像一条死蛇。两日两夜工夫，走完三百五十里山路。买不起厚麻草鞋，脚心被小石子儿刮得稀烂了。一阵阵的酸痛，由脚心传到我们的脑中，传到全身。我们的口里，时常干渴得冒出青烟来。每个人都靠着那么一个小小的壶儿盛水，经不起一口就喝完了，渴到万不得已时，沿途我们就个别地跳出队伍，去采拔那道旁的野山芋、野果实；或者是用洋瓷碗儿，去舀取溪涧中的浑水止渴。

是谁首先发现这石榴园的，我们记不起来了。总之，当时我们每个人都感到兴奋。干渴的口角里，立刻觉得甜酸酸的，涎沫不住地从两边流下来。我们的眼睛，都不约而同地，统统钉在那石榴子儿身上，步子不知不觉地停顿着。我们中间有两个，他们不由分说地跳出列子，将枪扔给了要好的同伴们，光身向园中飞跑着。

"谁？谁？不听命令……"

官长们在马上叫起来了。

我们仍旧停着没有动。园里的老农夫们带着惊惧的眼光望着我们发战。我们是实在馋不过了。像有无数只蚂蚁儿在我们的喉管里爬进爬出，无论如何都按捺不住。列子里，不知道又是谁，突然地发着一声唿哨："去啊！"我们便像一窝蜂似的，争先恐后地向园中扑了拢来。

"谁敢动！奶奶个熊！违抗命令！枪毙……"

官长们在后面怒吼着。可是，谁也没有耳朵去理会他。我们像猿猴似的，大半已经爬到树上去了。

"天哪！老总爷呀！石榴是我们的命哪！摘不得哪！做做好事哪！……"

老农夫们乱哭乱叫着、跪着、喊天、叩头、拜菩萨……

不到 5 分钟，每一个石榴树上都摘得干干净净了。我们一边吃着，一边把干粮袋子塞的满满。

官长们跟在后面，拿着皮鞭子乱挥乱赶我们；口里高声地骂着："违抗命令！奶奶个熊！奶奶个熊！……"一面也偶然偷偷地弯下腰来，拾起我们遗落着的石榴，往马裤袋里面塞。

重新站队的时候，老农夫们望着大劫后的石榴园，可哭得更加惨痛了。官长们先向我们严厉地训骂了一顿，接着，又回过头来很和蔼地安慰了那几个老农夫。

"你们只管放心，不要怕，我们是正式军队。我们一向对老百姓都是秋毫无犯的！不要怕……"

老农夫们凝着仇恨的、可怜的泪眼，不知道怎样回答。

3 分钟后，我们都又吃着那宝珠似的石榴子儿，踏卜我们的征程了。老远老远地，还听到后面在喊：

"天哪！不做好事哪！我们的命完了哪！……"

这声音，一直钉着我们的耳边，走过四五里路。

二、长夫们的话

出发时，官长们早就传过话了：一到宝庆，就关一个月饷。可是，我们到这儿已经三天了，连关饷的消息都没有听见。

"准又是骗我们的，操他的奶奶！"很多兄弟们，都这样骂了。

的确的，我们不知道官长们玩的什么花样。明明看见两个长夫从团部里挑了四木箱现洋回连来（湖南一带是不用钞洋的），但不一会儿，团部里那个瘦子鬼军需正，突然地跑进来了，和连长鬼鬼祟祟地说了一阵，又把那四箱现洋叫长夫们挑走了。

"不发饷，我操他的奶奶！"我们每一个人都不高兴。虽然我们都知道不能靠这几个劳什子钱养家，但三个月不曾打牙祭，心里总有点儿难过；尤其是每次在路上行动时，没有钱买草鞋和买香烟吃。不关饷，那真是要我们的命啊！

"不要问，到衡州一定发！"官长们又传下话儿来了。

"到衡州？操他的奶奶。准又是骗我们的！"我们的心里尽管不相信，但又有什么办法呢？"好吧！看你到了衡州之后，又用什么话来对付我们！"

再出发到衡州去，是到了宝庆的第六天的早晨。果然，我们又看见两个长夫从团部里杭唷杭唷地把那四个木箱挑回，而且木箱上还很郑重地加了一张团部军需处的封条。

"是洋钱吗？"我们急急忙忙地向那两个长夫问。

长夫们没有做声，摇了一摇头，笑着。

"是什么呢？狗东西！"

"是……封了，我也不晓得啊！"

这两个长夫，是刚刚由宝庆新补过来的，真坏！老是那么笑嘻嘻地，不肯把箱中的秘密向我们公开说。后来。恼怒了第三班的一个叫做"冒失鬼"的家伙，提起枪把来硬要打他们，他们才一五一十地说出来了。

他们说：他们知道，这木箱里面并不是洋钱；而是那个，那个……他们是本地人，一闻气味就知道。这东西，在他们本地，是不值钱的。但是只要过了油子岭的那个叫做什么局的关卡，到衡州，就很值钱了。本来，他们平日也是靠偷偷地贩卖这个吃饭的，但是现在不能了，就因为那个叫做什么局的关卡太厉害，他们有好几次都被查到了，挨打、遭罚、吃官司。后来，那个局里的人也大半都认识他们了，他们才不敢再偷干。明买明贩，又吃不起那个局里的捐税钱。所以，他们没法，无事做，只好跑到我们这部队里来做个长夫……说着，感慨了一阵，又把那油子岭的什么局里的稽查员们大骂了一通……

于是，我们这才不被蒙在鼓里，知道了达到宝庆不发饷的原因，连长和军需正们鬼鬼祟祟的内幕……

"我操他的奶奶啊，老子们吃苦他赚钱！"那个叫做冒失鬼的，便按捺不住地首先叫骂起来了。

三、骄傲

因为听了长夫们的话，使我们对于油子岭这个地方，引起了特殊浓厚的兴趣。

离开宝庆的第二天，我们便到达这油子岭的山脚了。那是一座很高很高的山，横亘在宝庆和衡州的交界处。山路崎岖曲折，沿着山，像螺丝钉似的盘旋上下。上山时，只能一个挨一个地攀爬着，并且还要特别当心。假如偶一不慎，失脚掉到山涧里，那就会连尸骨都收不了的。

我们每一个人都小心翼翼地攀爬着。不敢射野眼，不敢做声。官长们不能骑马，也不能坐轿子；跟着我们爬一步喘一口气，不住地哼着"嗳哟！嗳哟！"如果说，官长与当兵的都应该平等的话，那么，在这里便算是最平等的时候。

长夫们，尤其是那两个新招来的，他们好像并不感到怎样的痛苦。挑着那几个木箱子，一步一步地，从来没有看见他们喘过气。也许是他们的身体本来就比我们强，也许是他们往往来来爬惯了。总之，他们是有着他们的特殊本事啊！

停住在山的半腰中，吃过随身带着的午饭，又继续地攀爬着。一直爬到太阳偏了西了，我们才达到山顶。

"啊呀！这样高啦！我×他的祖宗！……"俯望着那条艰险的来路，和四围环抱着的低山，我们深深地吐了一口恶气，自惊自负地骂起来了。

在山顶，有一块广阔的平地，并且还有十来家小小的店铺。那个叫做什么局的关卡，就设立在这许多小店铺的中间。关卡里一共有二十多个稽查员，一个分局长，五六个士兵，三五门土炮。据说：设在衡州的一个很大的总局，就全靠这么一个小关卡收入来给维持的。

想起了过去在这儿很多次的挨打、被罚、吃官司，那两个长夫都愤慨起来了。他们现在已经身为长夫，什么都"有所恃而不恐"了，心里便更加气愤着。当大队停在山顶休息的时候，他们两个一声不响地，挑着那四个木箱子，一直停放到关卡的大门边。一面用手指着地上的箱子，一面带着骄傲的、报复似的眼光，朝那里面的稽查和士兵们冷笑着。意思就是说："我×你们祖宗啊！你还敢欺侮老子吗？你看！这是什么东西？你敢来查？敢来查？……"

里面的稽查和士兵们，都莫明其妙地瞪着眼睛，望着这两个神气十足的久别了的老朋友，半响，才恍然大悟，低着头，怪难为情的：

"朋友，恭喜你啊！改邪归正，辛苦啦！"

"唔！……"长夫们一声冷冷的加倍骄傲的回答。

四、捉刺客

到了衡州之后，因师部的特务连被派去"另有公干"去了，我们这一连人，就奉命调到师部，做了师长临时的卫队。

师部设立在衡州的一个大旅馆里。那地方原是衡州防军第××团的团本部。因为那一个团长知道我们只是过路的，寻不到地方安顿，就好意地暂时迁让给我们了。师部高级官长都在这里搭住着。做卫队的连部和其他的中下级官员，统统暂住在隔壁的几间民房中。

我们谁都不高兴，主要的原因，还是没有关着饷。说了的话不算，那原是官长的通常本领。但是这一回太把我们骗得厉害了，宝庆、衡州……简直同哄小孩子似的。加以我们大都不愿意当卫队，虽说是临时性质，但"特务连"这名字在我们眼睛里，毕竟有点近于卑劣啊！"妈的！怕死？什么兵不好当，当卫队？……"

因此，我们对于卫队的职务，就有点儿不认真了，况且旅馆里原来就有很多闲人出入的。

没有事，我们就找着小白脸儿的马弁们来扯闲天。因为这可以使我们更加详细地知道师长是怎样一个人物：欢喜赌钱、吃酒、打外国牌；每晚上没有窑姐儿睡不着觉；发起脾气来，一声不响，摸着皮鞭子乱打人……

日班过去了。

大约是夜晚 12 点钟左右了吧，班长把我们一共四五个从梦中叫醒，三班那个叫做冒失鬼的也在内。

"换班了，赶快起来！"

我们揉了揉眼睛。怨恨地：

"那么快就换班了！我×他的祖宗！……"

提着枪，垂头丧气地跑到旅馆大门口，木偶似的站着。眼睛像用线缝好了似的，老是睁不开，昏昏沉沉，云里雾里……

约莫叉过了半个钟头模样，仿佛看见两个很漂亮的窑姐儿从我们的面前擦过去了。我们谁也没有介意，以为她们是本来就住在旅馆里的。后来。据冒失鬼说：他还看见她们一直到楼上，向师长的房间里跑去了。但是，他也听见马弁们说过，师长是每晚都离不了女人的，而且她们进房时。房门口的马弁也没有阻拦。当然，他不敢再做声了。

然而，不到两分钟，师长的房间里突然怪叫了一声——"捉刺客呀！——"

这简直是一声霹雳，把我们的魂魄都骇到九霄云外去了。我们惊慌失措地急忙提枪跑到楼上，马弁们都早已涌进师长的房间了。

师长吓得面无人色。那两个窑姐儿，脱下了夹外衣，露出粉红色小衫子，也不住地抖战着。接着，旅馆老板、参谋长、副官长、连长……统统都跑了拢来。

"你们是做什么的"参谋长大声地威胁着。

"找，找，张，张，张团长的！……"

"张团长？"参谋长进上一步。

"是的，官长！"旅馆老板笑嘻嘻地，"她们两个原来本和张团长相好。想，想必是弄错了……因为张团长昨天还住这房间的。嘻！嘻嘻嘻——"

师长这个时候才恢复他的本来颜色，望着那两个女人笑嘻嘻地：

"我睡着了，你们为什么叫也不叫一声就向我的床上钻呢？哈哈！……"

"我以为是张，张……"

"哈哈！哈哈……"又是一阵大笑。接着便跑出房门来对着我们，"混账东西！一个个都枪毙！枪毙……假如真的是刺客，奶奶个熊，师长还有命吗？奶奶个熊！枪毙你们！跪下！——"

我们一共八个，一声不做地跪了下来，心里燃烧着不可抑制的愤怒的火焰，眼睛瞪得酒杯那么大。冒失鬼更是不服气地低声反骂起来：

"我×你祖宗……你困女人我下跪！我×你祖宗！……"

五、不准拉夫

"我们是有纪律的正式队伍，不到万不得已时不准拉夫的。"

官长们常常拿这几句话来对我们训诫着。因此，我们每一次的拉夫，也就都是出于"万不得已"的了。

大约是离开衡州的第三天，给连长挑行李的一个长夫，不知道为什么事情，突然半路中开小差逃走了。这当然是"万不得已"的事情喽，于是连长就吩咐我们拣那年轻力壮的过路人拉一个。

千百只眼睛像搜山狗似的，向着无边的旷野打望着。也许是这地方的人早已知道有部队过境，预先就藏躲了吧，我们几个人扛着那行李走了好几里路了，仍旧还没有拉着。虽然，偶然在遥远的侧路上发现了一个，不管是年轻或年老的，但你如果呼叫他一声，或者是只身追了上去，他就会不顾性命地奔逃，距离隔得太远了，无论怎样用力都是追不到的。

又走了好远好远，才由一个眼尖的，在一座秋收后的稻田中的草堆子里，用力地拖出了一个年轻角色。穿着夹长袍子，手里还提着一个药包，战战兢

175

兢地，样子像一个乡下读书人模样。

"对不住！我们现在缺一个长夫，请你帮帮忙……"

"我，我！老总爷，我是一个读书人，挑，挑不起！我的妈病着，等药吃！做做好……"

"不要紧的，挑一挑，没有多重。到前面，我们拿到了人就放你！"

"做做好！老总爷，我要拿药回去救妈的病的，做做好！……"那个人流出了眼泪，挨在地下不肯爬起来。

"起来！操你的奶奶！"连长看见发脾气了，跳下马来，举起皮鞭子向那个人的身上下死劲地抽着，"敬酒不吃，吃罚酒！我操你个奶奶……"

那个人受不起了，勉强地流着眼泪爬起来，挑着那副七八十斤重的担子，一步一歪地跟着我们走着，口里不住地"做做好，老总爷！另找一个吧"地念着。

这也该是那个人的运气不好，我们走了一个整日子，还没有找到一个能够代替他的人。没有办法，只好硬留着他和我们住宿一宵。半晚，他几次想逃都没有逃脱，一声妈一声天地哭到天亮。

"是真的可怜啊！哭一夜，放了他吧！"我们好几个人都说。

"到了大河边上一定有人拉的，就让他挑到大河边再说吧。"这是班长的解释。

然而，到底还是那个家伙太倒霉，大河边上除了三四个老渡船夫以外，连鬼都没有寻到一个。

"怎么办呢？朋友，还是请你再替我们送一程吧！"

"老总爹呀！老总爷呀！老总爷呀！做做好，我的妈等药吃呀！"

到了渡船上，官长们还没有命令我们把他放掉。于是，那个人就急得热锅上的蚂蚁似的，满船乱撞。我们谁也不敢擅自放他上岸去。

渡船摇到河的中心了，那人也就知道释放没有了希望。也许是他还会一点儿游泳术吧，灵机一动，趁着大家都不提防的时候，卜——通——一声，就跳到水中去了！

湍急的河流，把他冲到了一个巨大的漩涡中，他拼命地挣扎着。我们看到形势危急，一边赶快把船驶过去，一边就大声地叫了起来：

"朋友！喂！上来！上来！我们放你回去！……"

然而，他不相信了。为了他自身的自由，为了救他妈的性命，他得拼命地向水中逃！逃……

接着，又赶上一个大大的漩涡，他终于无力挣扎了！一升一落，几颗酒杯大的泡沫，从水底浮上来；人不见了！

我们急忙用竹篙打捞着，10分钟，没有捞到。"不要再捞了，赶快归队！"官长们在岸上叫着。

站队走动之后，我们回过头来，望望那淡绿色的湍急的涡流，像有一块千百斤重的东西，在我们的心头沉重地压着。

有几个思乡过切的人，便流泪了。

六、发饷了

"发饷了！"这声音多么的令人感奋啊！跑了大半个月的路，现在总该可以安定几天了吧。

于是，我私下便计算起来：

"好久了，妈写信来说没有饭吃，老婆和孩子都没有裤子穿！……自己的汗衫已经破得不能再补了；脚上没有厚麻草鞋，跑起路来要给尖石子儿刺烂的。几个月没有打过一回牙祭，还有香烟……啊啊！总之，我要好好地分配一下。譬如说：扣去伙食，妈两元，老婆两元，汗衫一元，麻草鞋……不够啊！妈的！总之，我要好好地分配一下。"

计算了又计算，决定了又决定，可是，等到四五块雪白的洋钱到手里的时候，心里就又有点摇摇不定起来。

"喂！去，去啊！喂！"欢喜吃酒的朋友，用大指和食指做了一个圈儿，放在嘴巴边向我引诱着。

"没有钱啊！……"我向他苦笑了一笑，口里的涎沫便不知不觉地流了出来。

"喂!"又是一个动人的神秘的暗示。

"没有钱啦!谁爱我呢?"我仍旧坚定我的意志。

"喂!……"最后是冒失鬼跑了过来,他用手拍了一拍我的肩,"老哥,想什么呢?四五块钱干鸡巴?晚上同我们去痛快地干一下子,好吗?"

"你这赌鬼!"我轻声地骂了他一句,没有等他再做声,便独自儿跑进兵舍中去躺下了。像有一种不可捉摸的魔力在袭击我的脑筋,使我一忽儿想到这,一忽儿又想到那。

"我到底应该怎样分配呢?"我两只眼睛死死地钉住那 5 块洋钱。做这样,不能。做那样,又不能。在这种极端的矛盾之下,我痛恨得几乎想把几块洋钱扔到茅坑中去。

夜晚,是 11 点多钟的时候,冒失鬼轻轻地把我叫了起来:"老哥,去啊!"

我只稍稍地犹疑了一下,接着,便答应了他们:"去就去吧!妈的,反正这一点鸡巴钱也做不了什么用场。"

我们场面很大,位置在茅坑的后面,离兵舍不过三四十步路。戒备也非常周密,三步一岗,五步一哨。只要官长们动一动,把风的就用暗号告诉我们,逃起来非常便利。

"喂!天门两道!"

"地冠!和牌豹!"

"喂!天门什么?"冒失鬼叫了起来。

"天字九,忘八戴顶子!"

"妈的!通赔!"

洋钱、铜板,飞着、飞着……我们任情地笑,任情地讲。热闹到卜分的时候,连那三四个输流把风的也都按捺不住了。

"你们为什么也跑了来呢?"庄家问。

"不要紧,睡死了!"

于是,撤消了哨线,又大干特干起来。

"天冠!……"

"祖宗对子!……"

正干得出神时候，猛不提防后面伸下来一只大手把地上的东西统统按住了。我们连忙一看——大家都吓得一声不响地站了起来：

"是谁干起来的？"连长的面孔青得可怕。

"报告连长！是大家一同干的！"

"好！"他又把大家环顾了一下，数着，"一，二，三……好，一共 8 个人，这地上有 32 块牌，你们一个人给我吃 4 块，赶快吃下去。"

"报告连长！我们吃不得！"是冒失鬼的声音。

"吃不得？枪毙你们！非吃不可！——"

"报告连长！实在吃不得！"

"吃不得？强辩！给我统统绑起来，送到禁闭室去！……"

我们有的笑着，有的对那几个把风的埋怨着，一直让另外的弟兄们把我们绑送到黑暗的禁闭室里。

"也罢，落得在这儿休息两天，养养神，免得下操！"冒失鬼说着，我们大伙儿都哑然失笑了。

（原载于 1934 年 11 月 1 日《小说》11 期）

校长先生

上课钟已经敲过半个钟头了，三个教室里还有两个先生没有到。有一个是早就请了病假，别的一个大概还挨在家里不曾出来。

校长先生左手提着一壶老白酒，右手挟着一包花生，从外面从从容容地走进来了。他的老鼠似的眼睛只略略地朝三个教室看了一看，也没有做声，便一直走到办公室里的那个固定的位置上坐着。

孩子们在教室里哇啦哇啦地吵着，叫着，用粉笔在黑板上画着乌龟。有的还跳了起来，爬到讲台上高声地吹哨子，唱戏。

校长先生并没有注意到这个，他似乎在想着一桩什么心思。他的口里喝着酒，眼睛朝着天，两只手慢慢地剥着花生壳。

孩子们终于打起架来了。

"先生，伊敲我的脑壳！"一个癫痢头孩子哭哭啼啼地走进来，向校长先生报告。

"啥人呀？"

"王金哥——那个跷脚！"

"去叫他来！"校长先生生气地抛掉手中的花生壳，一边命令着这孩子。

不一会儿，那个跷脚的王金哥被叫来了。办公室的外面，便立刻围上了三四十个看热闹的小观众。

"王金哥，侬为啥体要打张三弟呢？"

"先生，伊先骂我。伊骂我——跷脚跷，顶勿好；早晨头死脱，夜里厢变赤老！"

"张三弟，侬为啥体要先骂伊呢？"

"先生，伊先打我。"

"伊先骂我，先生。"

"到底啥人先开始呢？"

"王金哥！"

"张三弟，先生！"

外面看热闹的孩子们，便像在选举什么似的，立刻分成了两派：一派举着手叫王金哥，一派举着手叫张三弟。

校长先生深深地发怒了，站起来用酒壶盖拍着桌子，大声地挥赶着外面看热闹的孩子们——"去！围在这里——为啥体不去上课呢？"

"阿拉的张先生还勿曾来，伊困在家里——吭没饭吃呢。"

"混账！去叫张先生来！"校长先生更是怒不可遏地吭喝着。一边吩咐着这两个吵架的孩子——"去，不许你们再吵架了，啥人再吵我就敲破啥人的头！王金哥，侬到张先生屋里去叫张先生来。张三弟，侬去敲下课钟去——下课了。真的，非把你们这班小瘪三的头通统敲破不可的！真的……"校长先生余怒不息地重新将酒壶盖盖好，用报纸慢慢地扫桌子上的花生壳。

下课钟一响，孩子们便野鸭似的一齐跑到了弄堂外面。接着，就有一个面容苍白，头发蓬松的中年的女教员，走进了办公室来。

校长先生满脸堆笑地接待着。

"翁先生辛苦啦！"

"孩子们真吵得要命！"翁先生摇头叹气地说，一边用小手巾揩掉了鼻尖上的几粒细细的汗珠子，"张先生和刘先生又都不来。叫我一个人如何弄得开呢？"

"张先生去叫去了，马上就要来的。"校长先生更加赔笑地说，"喝酒吧，翁先生！这酒的味道真不差呀！嘿，嘿，这里还有一大半包花生……喽，嘿嘿……"

"加以，加以……"

"唔，那些么，我都知道的，翁先生。只要到明天，明天，就有办法了。一定的，翁先生，嘿嘿……"

"为啥体还要到明天呢？"

"是的！因为，嘿嘿，因为……"

校长先生还欲对翁先生作一个更详细的、恳切的解答的时候，那个叫做张先生的，穿着一身从旧货摊上买来的西装的青年男子，跟着跷脚王金哥匆匆地走进来了。

"校长先生，"他一开言就皱着眉头，露出了痛苦不堪似的脸相，"叫我来是给我工钱的吧？"

"是的，刚才我已经同翁先生说过了。那个，明天，明天一定有办法的。明天……嘿嘿……"

"你不是昨天答应我今天一定有的吗？为啥体还要到明天，明天呢？……"

"因为，嘿嘿……张先生，刚才我已经对翁先生说过了，昨天白天，校董先生们一个都不在家，所以要到今天夜里厢去才能拿到。总之，明天一早晨就有了，就有了！总之，一定的……"

"我昨天夜间就没有晚饭米了。校长先生，请你救救我们吧！我实在再等不到明天了！"张先生的样子像欲哭，"我的老婆生着病，还有孩子们……校长先生……"

"是呀！我知道的。我何尝不同侬一样呢？这都是校董先生们不好呀！学校的经费又不充足。……唉，当年呀！唉唉……喽，侬的肚皮饿了，先喝点儿酒来充充饥吧——这里有酒。我再叫孩子们去叫两碗面来。喽，总之，嘿嘿……这老白酒的味儿真不差呀！……嘿嘿……"校长先生将酒壶一直送到了张先生的面前。

"那么，是不是明天一定有呢，校长先生？"张先生几乎欲哭出声来了，要不是有翁先生在他的旁边牢牢地钉着他时。"酒，我实在地喝不下呀！"他接着说，"我怎能喝这酒呢？我的家里……"

"是了，我知道的。你不要瞧不起这酒呀，张先生。当年孙中山先生在上

海的时候，就最欢喜喝这酒。那时候——是的，那时候我还非常年轻的呀
——我记得，那时候的八仙桥还只得一座桥呢。中山先生同陈英士住在大自
鸣钟的一家小客栈里，天天夜间叫我去沽这老白酒，天天夜间哪……那时候，
唉，那时候的革命多艰难呀！哪里像现在呢，好好生生的一个东北和华北都
给他们送掉了，中山先生如果在地下有知，真不知道要如何地痛哭流涕呢！
……张先生，侬不要时时说侬贫穷，贫穷，没饭吃；人啦——就只要有'气
节'！'饿死事小，失节事大'。譬如我：就因为不愿意'失节'，看不惯那班
贪贼卖国的东西，我才不出去做官的。我宁愿坐在这里来喝老白酒。总之，
张先生，嘿嘿……翁先生，嘿嘿……人无'志'不立……张先生，侬不要发
愁，我包管侬三十六岁交好运。喽，侬来喝喝这杯酒吧！翁先生，侬也来喝
一杯……总之，明天无论如何，我给你一个办法……"

　　第二次的上课钟又响了——校长先生猛地看见壁上的挂钟已经足足地离
上课时间过了三十多分了，他这才省悟到自己的话说得太多，太长，忘记了
吩咐孩子们敲钟上课。要不是孩子们忍不住自动地去敲钟耍子，恐怕他还以
为自家是坐在南阳桥的一家小酒店里呢。

　　张先生为了"气节"，只得哭丧脸地拿了两支粉笔和一本教科书站了起
来。翁先生却更像"沉冤莫诉"似的，也只得搔搔头发，扯扯衣襟，懒洋洋
地跟着站起来了。大家相对痛苦地看了一眼，回头来再哀求似的，对着校长
先生说：

　　"先生，明天哪！那你就不能再拆我们烂污了啊！"

　　"那当然喽！"校长先生装成了一个送客一般的姿势，也站起来轻轻地说，
"不但侬两位先生的，就连生着病的刘先生的薪金，我也得给伊送去呢。"

　　于是，办公室里又只剩了校长先生一个人，立刻寂静起来了。他一面从
从容容地将壶中不曾吃完的老白酒，统统倒在一个高高玻璃杯中，一面又慢
吞吞地用手拨开着那些花生衣和花生壳。他想，或者还能从那些残衣残壳里
面找寻出一两片可堪入口的花生肉的屑粒来。

　　第二天的清晨，因为听说有薪金发，三个先生——连那个生着肺病的老
头儿刘先生也在内——一齐都跑了来，围在办公室里的那张"校长席"的桌

子旁边，静静地伸长着颈子等候着。

"今天无论如何，他要再不给我们薪金，我们决不上课了！"三个人同声地决定着。

孩子们仍然同平常一样：相骂，打架，唱歌，敲钟上课耍子……但是校长先生却连影子都没有回来。

"无论如何不上课！无论如何……"张先生将拳头沉重地敲在办公桌子上，唾沫星子老远老远地飞溅到翁先生的苍白的脸上。

"对啦，咳咳！……三四个月来，我就没有看见过他一个铜钱吃药！咳咳……"老头儿刘先生附和着。他那连珠炮似的咳嗽声，几乎使他连话都说不出来了。

孩子们三番五次地催促着先生上课，但翁先生只将那雪白的瘦手一挥：

"去！不欲再到这里来啰嗦了。今天不上课了，你们大家去温习吧！"

因为感到过度的痛苦、焦灼和无聊，翁先生从抽屉里拿出了一团绒线和两支竹削的长针来，开始动手给小孩结绒绳衣服。张先生只是暴躁得在办公室里跳来跳去，看他那样子不是要打死个把什么人，就是要跟校长先生去拼性命似的。只有老刘先生比较地柔和一点，因为他不但不能跳起来耀武扬威，就连说几句话都感觉到十分艰难，而且全身痉挛着。

整个上午的时间，就在这样的无聊、痛苦和焦灼的等待之中，一分一分地磨过去了。

"假如他下午仍然不来怎么办呢？"翁先生沮丧地说。

"我们到他的家中或者他的姘头那里去，同他理论好了！要不然，就同他打官司打到法院里去都可以的。"张先生在无可奈何中说出了这样一个最后的办法。

"张先生，咳咳……唉！同他到法院里去又有什么用处呢？唉，唉唉……唉！"刘先生勉强地站起来，叫了一个孩子扶着他，送他回家去；因为太吃力，身子几乎要跌倒下来了。"依我的，咳咳……还是派一个人四围去寻寻他回来吧！老等在这里，咳咳……我看他无论如何都不会回来的了……"

但是下午，张先生派了第一批孩子们到校长先生的家里去，回来时的报告是："不在。"第二批，由张先生亲自统率着，弯弯曲曲地寻到了那一个麻面的苏州妇人的家里。那妇人一开头就气势汹汹地对着张先生和孩子吆喝着：

"寻啥人呀？小瘪三！阿不早些打听打听老娘嗨头是啥格人家！猪猡！统统给老娘滚出去……"

因为肚皮饿，而且又记挂着家里的老婆和孩子们，张先生只能忍气吞声地退了出去。好容易，一直寻到夜间十点多钟，才同翁先生一道，在南阳桥的一家小酒店里，总算是找着了那已经喝得酒醉醺醺了的校长先生。

两个人一声不做，只用了一种愤慨和憎恶的怒火，牢牢地钉住着校长先生的那红得发黯色了的脸子。

"阿哈！张先生，张先生，你们怎么能寻到此地来的呢？嘿嘿……喽，来来来！你们大概都还没有吃晚饭吧，喽，这里还有老白酒，还有花生。嘿嘿……喽，再叫堂馆给你们去叫两盘炒面来！嘿嘿……张先生，翁先生，侬来坐呀！坐呀……客气啥体呢！嘿嘿……客气啥体呢！来呀！来呀！……"

"那么，我们的工钱呢？"翁先生理直气壮地问了。

"有的，有的，翁先生，坐呀……喂，堂倌，请侬到对过馆子里去同阿拉叫两盘肉丝炒面来好吗！……喽，张先生，……喽喽，火速去，侬火速去呀，堂倌！"

"那么，校长先生，谢谢侬了！如果有钱，就请火速给我一点吧！我实在不能再在这陪侬喝酒了，我的女人和孩子们今天一整天都吭没吃东西呢！校长先生……"

"得啦，急啥体呢。张先生，侬先吃盘炒面再说吧！关于钱，今天我已经见过两位校董先生了，他们都说：无论如何，明天的早晨一定的！明天，今天十二，明天十三……嘿嘿，张先生！只要过了今天一夜，明天就好了。明天，我带侬一道到校董先生家里去催好吗？……嗳嗳。张先生，我看……嗳，侬为啥体还生气呢？假如侬嫂子……嘿嘿……喽，我这里还有三四只角子，……张先生，嘿嘿……侬看——翁先生伊还吭没生气呢！"

想起了老婆和孩子们，张先生的眼泪似乎欲滴到肉丝炒面的盘子上了。要不是挂记着可怜的孩子们的肚皮实在饿得紧时，他情愿牺牲这三四只角子，同校长先生大打一架。

翁先生慢慢地将一盘炒面吃了净净光光，然后才站起来说：

"校长先生，侬老老实实地告诉我们吧，钱——到底啥时光有？不要再老骗我们明天明天的。我们都苦来西，都靠这些铜钱吃饭！喽，今天张先生的家里就有老婆孩子们在等着伊要饭吃……假如……加以，加以……"

"得啦！翁先生，明天，无论如何有了，决不骗侬的。喽，校董先生们通统对我说过了，我为啥体还骗侬呢？真的，只要过了今天夜里厢几个钟头就有了。翁先生，张先生，嘿嘿……来呀！喽，喽，再来喝两杯老白酒吧，这酒的味儿真不差呀！嘿嘿……喽，当年孙中山先生在上海的时候，就最欢喜喝这酒了！那时候我还交关年轻啦。还有，还有……喽，那时候……"

张先生估量校长先生又要说他那千遍一例的老故事了，便首先站了起来，偷偷地藏着两只双银角子，匆匆忙忙地说：

"我实在再不能陪侬喝酒了，校长先生，请侬帮帮忙救救我们吧！明天要再不给我们。我们统统要饿死了……"

"得啦！张先生。明天一定有的——一定的。"

翁先生也跟着站了起来：

"好吧，校长先生，我们就再等到侬明天吧！"

"得啦，翁先生，明天一定的了——一定的……你们都不再喝一杯酒去吗？……"

两个人急忙忙地走到小酒店的外面，时钟已经轻轻地敲过十一下了。迎面吹来了一阵深秋的刺骨的寒风，使他们一同打了一个大大的冷噤。

"张先生，明天再见吧！"翁先生在一条小弄堂口前轻轻地说。

"对啦，明天再见吧！翁先生。"

时间，虽然很有点像老牛的步伐似的，但也终于在一分一分地磨过去。

明天——明天又来了……

1936 年 5 月 19 日作于病中。

（选自《山村一夜》，1937 年 4 月，上海良友图书印刷公司）